ほのか魔界帖
同心淫躍ノ事

睦月影郎

JN151451

コスミック・時代文庫

この作品はコスミック文庫のために書下ろされました。

目次

第一章　あやかし美女の教え……5
第二章　生娘《きむすめ》と新造《しんぞう》の熱き心……47
第三章　熟れ肌に魅《み》せられて……89
第四章　覚えはじめた蜜の味……131
第五章　二人に挟まれる快楽……173
第六章　果てなき女体めぐり……215

第一章　あやかし美女の教え

一

（ああ、こんなことでやっていけるのか。父も我慢していたのだろうか……）

瓜生京之助《うりゆうきようのすけ》は夕刻、南町奉行所への初出仕を終え、暗澹《あんたん》たる思いで同心長屋に帰ってきた。

父、千之助《せんのすけ》の喪《も》も明け、この新年から晴れて同心になったものの、京之助は町の人々を守るという名目の裏で、役人と町人の間で賄賂《わいろ》と馴《な》れ合いが罷《まか》り通っていることに幻滅していたのだ。

文政《ぶんせい》三年（一八二〇）一月、京之助は十九歳になった。

母はすでに亡く、父の千之助と父子二人暮らしで、京之助は長く父に捕縛術《ほばくじゆつ》や剣術を仕込まれた。

しかし昨秋、千之助が流行《はや》り病で呆気《あっけ》なく他界し、京之助は今年から父の跡を継いで同心となったのである。

だが、意気揚々とした思いも一日にして潰《つい》えてしまった。

三十歳になる先輩の同心、田所修衛《たどころよしもり》にあれこれ教えてもらいながら神田界隈《かいわい》の町を回ったが、修衛は居丈高《いたけだか》で横暴、実際身体も大きく剣術も得意で、彼が闊歩《かっぽ》すると町の人々は怯《おび》え、

「お見回りご苦労様でございます」

と言って袂《たもと》に紙包みを差し入れてくれるのだ。

「何をもらっているのですか」

京之助は怪訝《けげん》に思い、修衛に訊《き》いてみた。

「お前は何も知らんのか、父親も優秀な同心だったと聞いているが。我らの給金は安いからな、町を守る礼をもらうのが習慣だ。これが、なかなか莫迦《ばか》にならぬ実入りとなる」

修衛は嘯《うそぶ》き、周囲を睥睨《へいげい》して歩いている。

彼は以前北町奉行所に勤め、それが今年から移ってきたので、京之助の父、千之助のことはあまり良く知らないようである。

もっとも千之助は半年近くも伏せっていたので、すでに南町でも知らぬものが増えつつあった。

とにかく京之助は、付け届けの習慣など父から聞いたことはなかった。

「町の人も承知しているのですか」

「むろんだ。何かあったときのため、町人どもは役人にすり寄ってくるのだ」

「何かとは、どのようなときですか」

「貴様、しつこいぞ！」

修衛は怒鳴るなり、いきなり京之助の頬に拳骨《げんこつ》を見舞ってきた。

「う……！」

京之助は呻《うめ》き、火花が散ったように目が眩《くら》んだ。

そして彼は殴られた頬を押さえながら修衛に従い、町をあちこち見回った。

腹は立ったが、何しろこちらは新米である。

それに京之助は剣術も平凡の域を出ず、免許皆伝との噂《うわさ》のある修衛に反抗できるわけもなかった。

町はまだ正月気分が抜けきらず、路地裏では子供たちが独楽《こま》回しをし、娘たちも晴れ着姿で連れ立っている。

やがて二人で歩き周り、但馬屋《たじまや》という大店《おおだな》の米問屋の前を通ると、戸が閉まっていた。

「確か、法要で休んでいるということだったな」

修衛は言ったが、もちろんこの界隈は京之助も知っていた。

但馬屋の主人は幸兵衛《こうべえ》という四十年配、亡妻の三回忌《き》ということで、奉公人たちも宿下がりさせて数日店を休むということだった。

今は幸兵衛も、まだ三十前の比呂《ひろ》という若い後妻をもらい、先妻には出来なかった子をもうけて商売も上手《うま》くいっているらしい。

と、それでも店は無人ではなく、奥から物音がし、同時に小さな悲鳴らしきものが聞こえてきたではないか。

修衛は小走りに但馬屋の路地から奥へ入り込み、母屋《おもや》の庭の方へと回った。

すると縁側に、幸兵衛が呆然《ぼうぜん》と立ちすくみ、座敷では赤ん坊を抱えた後妻の比呂が座り込んでいる。

悲鳴は、比呂が洩らしたものだろう。

そして庭には、一人の男が仰向けに倒れ、胸に植木鋏《ばさみ》を突き立てられて血まみれになり、息も絶えだえに痙攣《けいれん》しているではないか。

「あ……！」

驚いて、京之助は垣根を跳び越え、庭に入ろうとした。

まさか同心になった初日から、殺しの現場に立ち会うなどとは夢にも思っていなかったのだ。

だが、修衛が京之助を制した。

「待て。ここは俺だけで良い。お前は他を見回っていろ！」

そう言い、京之助を睨《にら》み付けた。

他に曲者《くせもの》の姿はなく、一人で充分と踏んで手柄を独り占めするつもりかと思ったが、逆らうこともできず、京之助は頷《うなず》いて路地を引き返した。

すると修衛が安心したように、裏木戸を開けて庭に入っていったので、京之助は物陰に潜んで成り行きを見守った。

「どうした」

「あ……。お、お役人様……。とんだことを……」

修衛が声を掛けると、幸兵衛は声を震わせて答えた。

青ざめた比呂は子を抱いて、ただ震えているだけだが、何も知らずに赤ん坊はよく眠っていた。

「法要を終え、一足先にお比呂を帰し、私は寄り合いに行ってから戻ったのですが、留守番をさせていた番頭の茂助《もすけ》がお比呂を犯そうと……」

「この男が茂助か」

修衛は、倒れている男を指して訊く。

「はい、身寄りのないのを引き取り、長く面倒を見てやっていたのですが、まさかこんな狼藉《ろうぜき》に及ぶとは……」

「それで」

「驚いた私が怒鳴りつけると、いきなり茂助が殴りかかってきたので、私は思わずその、盆栽棚《ぼんさいだな》にあった植木鋏を手にして……」

「刺してしまったわけだな」

「はい……。でも手当てすれば何とか持ち直すかも……」

「いや、心の臓だ。もう手遅れだろう」

修衛は言って屈《かが》み込み、植木鋏の柄を握ると、えぐるように動かした。

「ぐ……」

茂助は呻き、血泡を吹きながら、そのまま事切れてしまった。

「お、お役人様……！」

　幸兵衛が息を呑み、比呂も顔を背けていた。

「身寄りがないなら報《しら》せる国許もなかろう。これで良い」

「し、しかし……」

「いいか、お前が新造《しんぞう》を守るため狼藉を咎《とが》めると、茂助は鋏を持ってお前に襲いかかった。しかし足を踏み外して縁側から庭へ落ち、自分で胸を刺してしまったのだ。それで良い」

「そ、それで……」

「お前も子が出来たばかりだ。ここで弾みとはいえ人殺しなどと知れたら店や子はどうなる。ここは俺に任せておけ」

「ほ、本当でございますか……」

「ああ、上には狼藉に及んだ茂助が自分で誤って胸を刺して死んだと報告する。それで但馬屋も安泰だろう」

「あ、有難うございます。恩に着ます……」

　幸兵衛は涙ながらに言い、奥へ引っ込むなり二十五両入りの包みを差し出してきた。

「ああ、済まぬ。では、このことを知るのは俺と、お前ら夫婦だけだ。良いな」

修衛は金を袂に入れて言い、一部始終を見ていた京之助は、息を震わせながらその場を離れた。

どうやら本能的に金の匂いを嗅《か》ぎ取り、それで修衛は京之助をこの場から離れさせたのだろう。もちろん今後とも修衛は、何かと但馬屋には金を用立てさせるつもりに違いない。

するると間もなく、

「瓜生、いるか！」

庭から修衛が怒鳴った。

京之助は呼吸を整え、平静を装って路地へと戻った。

「はい、何か」

「お前、どこにいた」

「表通りを回っていましたが、田所様の声が聞こえたのでここへ」

「そうか、鋏を持った狼藉者が自分で転んで死んだ。番屋へ行って、岡っ引きに戸板を持って来させろ」

茂助にとどめを刺した修衛が、平然と言い放った。

「承知しました」

京之助は一礼し、路地を抜けて番屋へと駆けた。

あとは形通りの取り調べで、幸兵衛夫婦は、鋏を持った茂助が自分で転んで胸を刺したと同じ証言をし、茂助の骸《むくろ》も番屋へと運ばれた。

そして修衛は報告書を認《したた》めると、何もかも思惑通りの運びとなって事が納まったのである。

それで京之助は、すっかり気落ちして長屋に戻ってきたのだった。

二

（いったい、正義とは何なのだ……）

京之助は、冷や飯と干物の味気ない夕餉《ゆうげ》を終え、寝巻に着替えながら思った。

初日から大変なことになり、何やら明日からの勤めも気が進まなくなってしまった。

もちろん辞めるわけにはいかない。千之助は、息子の同心姿を夢見て死んだのだし、他に何も出来ることはなかった。

とにかく寝ようと、行燈《あんどん》を消そうとしたそのときである。

部屋の隅に、白い人影が浮かび上がったのだ。

「誰か！」

ビクリと硬直して言ったが、戸締まりもしているし、いったいどこから誰が忍び込んだというのだろう。

すると、おぼろだった人影が、みるみるはっきりした形になってきた。

見れば、それは二十歳《はたち》ばかりの、白い着物に長い黒髪をした女ではないか。

「な、何者。どこから入った……」

京之助は、女のあまりの美しさに息を呑みながら声を震わせた。

整った顔立ちは神々《こうごう》しいほどだが、凄味《すごみ》のある目力《めぢから》に彼は目を逸《そ》らすことが出来なかった。

「私は仄香《ほのか》、魔界のもの」

女、仄香が澄んだ声で静かに言った。

「魔界？　この世のものではないのか」

「ええ、正義を夢見るものに力を与えるために来たの」

仄香は言い、彼ににじり寄ってきた。

「あやかしが私に力を？」

京之助は答えた。恐怖も驚きも薄れ、いつしか仄香から漂う甘い匂いに酔いしれていた。

「そう、私と交われば、何でも思いのままの力が得られるわ」

「ま、交わる……？　それは人ならぬ力を与え、私をあやかしの仲間にしようというのか……」

「悪事には荷担させない。あくまで正義のため」

言われて、京之助は徐々にその気になってきた。頭の半分で、これはどうせ夢なのだから、好きにしたいと思ったのである。

それに京之助は、淫気が強い方だった。

もちろんまだ彼は女を知らず、柔肌に触れたことはないが、道行く美しい町娘や新造などを思いながら、寝しなに二回も三回も手すさびするのが習慣だったのである。

ただ今日は修衛との、あまりに衝撃的なことがあったので淫気が湧かなかったのだ。

「さあ、脱いで」

仄香は言い、帯を解いてサラリと着物を脱ぎ去ってしまった。

下には何も着けておらず、均整の取れた肢体と形良い乳房、意外なほど豊満な腰の線が、行燈の灯にぼうっと浮かび上がった。

「私と交われば良い方に人が変わる。それとも恐いかしら。今まで通りの、上役に逆らえず賄賂を見逃す役人になるの？　京之助」

名を言われ、それで確かに魔界のものなのだと確信すると、京之助から一切の躊躇《ためら》いが消え去った。

彼も帯を解き、寝巻と下帯《したおび》を脱ぎ去って全裸になってしまった。

すると、一糸《いっし》まとわぬ仄香が彼を押し倒して布団に仰向けにさせ、のしかかりながら上からピッタリと唇を重ねてきたのである。

「う……」

京之助は小さく声を洩らして身じろぎ、密着する美女の唇を味わった。

間近に迫る美しい顔が眩《まぶ》しくて思わず薄目になると、ヌルリと仄香の舌が潜り込んできた。

それはチロチロと滑《なめ》らかにからみつき、京之助は流れ込む生温かな唾液で喉を潤《うるお》すと、うっとりと酔いしれると同時に、何やら身の内に神秘の力が湧いてくるような気がしたのだった。

興奮と緊張に息を弾ませると、鼻腔《びこう》から仄香の湿り気ある甘い息が胸にまで沁み込み、美女の吐息と唾液を吸収しながら彼は今にも暴発しそうなほど激しく勃起していった。

すると、強《こわ》ばりを肌に感じたか、仄香が唾液の糸を引いて口を離し、彼の股間に顔を移動させていった。

仄香は京之助を大股開きにさせると、その真ん中に腹這い、強ばりに顔を寄せてきたのだ。長い黒髪がサラリと彼の股間を覆《おお》い、その内部に生温かな息が籠もった。

そして仄香はそっと幹に指を添えると、粘液の滲《にじ》んだ鈴口《すずぐち》にチロチロと舌を這わせてきたではないか。

「く……！」

京之助は激しい快感に呻き、信じられない思いで顔を上げて仄香を見た。

彼女は厭《いと》うことなく、先端に舌を這わせては幹を撫《な》で、ふぐりにまでサワサワと指を這わせていた。

口で一物《いちもつ》を愛撫するなど、遊女でも大店の隠居あたりが大枚を叩かないとしてくれないのではないか。

それなのに仄香は張り詰めた亀頭を美味《おい》しそうにしゃぶり、丸く開いた口でスッポリと喉の奥まで呑み込んできたのである。

新年の薄寒い部屋の中で、快感の中心部である肉棒のみが、心地よく濡れて温かな美女の口腔に包まれたのだ。

何という快感であろうか。

京之助は我が身に施《ほどこ》された強烈な愛撫が信じられず、彼女の口の中で唾液に濡れた幹をヒクつかせた。

すると仄香は幹を締め付け、頰をすぼめて吸い付き、熱い鼻息で恥毛をそよがせながら、クチュクチュと舌を蠢《うごめ》かせてきた。

「ああ、気持ちいい……」

京之助は急激に絶頂を迫らせて喘《あえ》ぎ、思わずズンズンと小刻みに股間を突き上げてしまった。

仄香も合わせて顔を上下させ、濡れた口でスポスポと摩擦しはじめてくれた。

もう限界なのだが、このまま美女の口に放って良いものなのだろうか。

あやかしとはいえ、いや、この世のものでないなら、なおさら神に近い存在かも知れない。その口を汚《けが》して罰など当たらないのか。

しかし仄香は強烈な愛撫を一向に止《や》めようとせず、摩擦と吸引、滑らかな舌の蠢きを続けてくれたのだ。

「い、いく……。良いのか……」

堪《たま》らずに口走ると同時に、京之助は止めようもなく激しい絶頂の快感に全身を貫かれてしまっていた。

「く……！」

気を遣《や》って呻きながら、熱い大量の精汁がドクンドクンと勢いよくほとばしり仄香の喉の奥を直撃した。清らかな美女の口に漏らすなど、それは全身が溶けてしまいそうな快感であった。

「ンン……」

仄香は噴出を受けて小さく声を洩らし、それでも噎《む》せることはなく、さらにチューッと吸い出してくれたのである。

「あうう、すごい……」

京之助は、激しすぎる快感に呻いて腰をよじった。

これは、手すさびの何千倍の快感であろうか。まるでふぐりから直《じか》に精汁が吸い出されているようだ。

彼は、魂《たましい》まで吸い取られるような快感に身悶《みもだ》えながら、最後の一滴まで出し尽くしてしまった。

「ああ……」

すっかり満足した京之助は声を洩らし、グッタリと全身の力を抜いていった。

しかし彼が力を抜いても、動きは止めたもののまだ仄香は口を離さず、口に溜まった精汁を一息にゴクリと飲み干してくれたのだ。

「あう……」

喉が鳴ると同時に口腔がキュッときつく締まり、京之助は駄目押しの快感に呻いた。

飲んでくれるなど、これも信じられないことだが、快感と満足は絶大だった。

ようやく仄香がスポンと口を引き離すと、なおも幹を指でしごき、鈴口に膨《ふく》らむ余りの雫《しずく》までペロペロと丁寧に舐めてくれた。

「く……、もういい……」

京之助は呻き、過敏に幹を震わせながら降参するように腰をよじった。

すると仄香も一物を完全に綺麗にすると舌を引っ込め、顔を上げて彼の呼吸が整うのを待ったのだった。

三

「さあ、今度は京之助の番」

灰香が言い、布団に仰向けになってきた。

京之助は余韻に浸る間もなく、入れ替わりに身を起こして美女の肢体を見下ろした。

もちろん一回の射精で終わらせるつもりもなかったので、灰香が身を投げ出してくれたのは有難かった。

「しかし、まだ女を知らないので……」

「いいわ、どのようにでも、好きなようにして」

言われて、彼は意を決して屈み込み、まずは灰香の足裏に顔を寄せていった。

この季節はどの女も足袋《たび》を履《は》いているので、素足を間近に見たり触れたりするのが新鮮な興奮だったのだ。

恐る恐る足裏に舌を這わせ、形良く揃った足指に鼻を押しつけても灰香はただじっとしてくれていた。

指の股に鼻を割り込ませて嗅ぐと、蒸《む》れた匂いが悩ましく籠もっていた。それほど冷たくはなく、むしろ生温かかった。

あやかしでも汗をかき、普通の女と同じような匂いがするのだろう。

京之助が艶《なま》めかしい匂いを貪《むさぼ》り、爪先にしゃぶり付いて指の股に舌を潜り込ませると、汗と脂《あぶら》の湿り気が感じられた。

彼は激しく興奮しながら両足とも味と匂いを堪能し、股を開かせて腹這いになると、脚の内側を舐め上げていった。

どこもスベスベの舌触りで、京之助は白くムッチリと張りのある内腿を舐め上げ、股間に顔を迫らせていった。

すると、仄香の吐息や唾液を吸収したせいか力が増し、行燈の灯りだけなのに夜目が利くように陰戸《ほと》をはっきりと見ることが出来た。

股間の丘に黒々と艶《つや》のある恥毛がふんわりと煙り、割れ目からは桃色の花びらがはみ出していた。

そっと指を当てて左右に広げると、中も綺麗な桃色の柔肉が濡れている。

膣口には細かな襞が花弁状に入り組み、その上にポツンとした尿口の小穴も見えた。

そして包皮の下からは艶やかなオサネがツンと突き立ち、前に見た春画の陰戸より、ずっと綺麗だと思った。

もう堪らず、京之助は吸い寄せられるように仄香の股間にギュッと顔を埋《うず》め込んでいった。

柔らかな茂みに鼻を擦《こす》りつけて嗅ぐと、隅々には生ぬるく蒸れた汗と、ゆばりらしき匂いが沁み付いて鼻腔が刺激された。

胸を満たしながら舌を這わせると、淡い酸味が感じられ、飲み込む仄香の唾液以上に力が湧いてくる気がした。

舌先で膣口の襞をクチュクチュ掻き回し、ヌメリを味わいながらゆっくりオサネまで舐め上げていくと、

「アア……」

仄香がビクッと顔を仰《の》け反《ぞ》らせて喘ぎ、内腿でキュッときつく彼の両頬を挟み付けてきた。

京之助は美女の味と匂いを吸収し、さらに両脚を浮かせると白く丸い尻の谷間に迫った。薄桃色の蕾《つぼみ》が襞を震わせて閉じられ、鼻を埋めると顔中に双丘が密着して心地よく弾んだ。

蕾には秘めやかに蒸れた匂いが籠もり、あやかしでもちゃんと厠《かわや》に行くのだということが分かった。

では、あやかしとは形のない幻のようなものではなく、人と違う世界でちゃんと飲み食いして生きているものなのだろう。

京之助は匂いを貪り、舌を這わせて細かな襞を濡らし、ヌルッと潜り込ませて滑らかな粘膜を味わった。

「く……」

仄香が呻き、キュッときつく肛門で舌先を締め付けてきた。

京之助は、充分に舌を蠢かせてから彼女の脚を下ろし、再び陰戸に向かっていった。

さっきより潤いが多くなり、彼は大量のヌメリを舌で舐め取ってからオサネに吸い付いていった。

「あう、入れて……」

仄香が呻き、白い下腹を波打たせてせがんだ。

京之助も、身を起こして股間を進めた。もちろん一度目の射精などなかったかのように、一物はピンピンに回復している。

幹に指を添え、急角度の一物を下向きにさせ、先端を濡れた陰戸に押し当てて位置を探った。

「もう少し下……」

仄香が期待するように息を詰めて言い、僅《わず》かに腰を浮かせて誘導してくれた。

そして京之助がグイッと押しつけると、張り詰めた亀頭がズブリと濡れた落とし穴に嵌《は》まり込んだのだ。

「あう、そこ。もっと奥まで……」

仄香が言い、彼もヌルヌルッと滑らかに根元まで挿入していった。

何という心地よさであろう。さっき口に射精していなかったら、この挿入だけで果てていたに違いない。

そして一物に得られる快感以上に、初めて女と一つになったという感激が大きかった。

股間を密着させ、感触と温もりを味わうと、仄香が下から両手を回して抱き寄せてきた。

京之助も抜けないよう股間を押しつけながら注意深く脚を伸ばし、ゆっくりと身を重ねて柔肌の弾力を全身で味わった。

動いたらすぐ果ててしまいそうなので、彼はまだ腰を動かさず、屈み込んでチュッと乳首に吸い付いていった。

コリコリと硬くなっている乳首を舌で転がし、顔中で柔らかな膨らみを味わうと、膣内が息づくような収縮を開始した。

京之助は左右の乳首を交互に味わい、仄香の腋《わき》の下にも鼻を埋め込んだ。

汗に湿った和毛《にこげ》が可憐《かれん》に煙り、生ぬるく甘ったるい匂いが悩ましく鼻腔を掻き回してきた。

彼は美女の体臭に噎せ返り、さらに首筋を舐め上げ、上からピッタリと唇を重ねていった。

「ンン……」

舌を挿《さ》し入れると仄香が吸い付いて呻き、下から両手でしがみついた。

次第に膣内の潤いと収縮が活発になり、仄香がズンズンと股間を突き上げはじめると、京之助もぎこちなく合わせて腰を動かした。

初めての情交を少しでも長く味わっていたいのに、締め付けと摩擦、温もりと潤いがあまりに心地よく、いったん動くと激しい快感でどうにも腰が止まらなくなってしまった。

「アア、いい気持ち……」

仄香が口を離して喘ぎ、京之助もジワジワと絶頂が迫ってきた。

開いた口から吐き出される仄香の息は熱く湿り気があり、花粉のような艶めかしい刺激が含まれていた。

嗅ぐたびに興奮と安らぎが得られ、いつまでも仄香の吐息だけを吸って生きていたい気持ちになってしまった。

動くうち、互いの接点からピチャクチャと淫らに湿った摩擦音が聞こえ、揺れてぶつかるふぐりも溢《あふ》れる淫水に熱く濡れた。

大量に溢れる淫水で律動が滑らかになり、京之助はまるで全身が仄香の濡れた柔肉に包まれているような心地になった。

そして仄香の吐息で胸を満たし、肉襞の摩擦を味わううち、たちまち彼は二度目の絶頂を迎えてしまったのだ。

「く……、気持ちいい……！」

京之助が激しい快感に呻きながら、ありったけの熱い精汁をドクンドクンと注入すると、

「い、いく……。アアーッ……！」

噴出を感じた途端に仄香も気を遣ったように声を上げ、彼を乗せたままガクガクと狂おしく腰を跳ね上げはじめた。すると膣内が、彼自身を吸い込むような蠢《しゅん》動《どう》を開始したのである。

「あう、締まる……」

京之助は、きつい締め付けに駄目押しの快感を得ながら呻き、股間をぶつけるように激しく律動しながら、心置きなく最後の一滴まで出し尽くしていったのだった。

これは、口に射精するより大きな快感で、やはり情交というのは男女がともに快感を分かち合うのが最高なのだと実感した。

すっかり満足した京之助は、徐々に動きを弱めていった。

「ああ……、良かった……」

仄香も満足げに声を洩らし、肌の硬直を解いた。

まだ膣内は名残惜《なごりお》しげな収縮が繰り返され、中で過敏になった一物がヒクヒクと跳ね上がった。

そして京之助は仄香にのしかかったまま、甘く悩ましい吐息を胸いっぱいに嗅ぎながら、うっとりと快感の余韻に浸り込んでいったのだった……。

四

――翌朝、京之助は目を覚まして起き上がった。全裸のまま寝たと思っていたが、自分はちゃんと寝巻を着ている。

（やはり、夢だったか……）

彼は思ったが、全身の隅々に仄香の感触や匂いが残っている気がした。

しかし下帯は濡れておらず、眠ったまま射精した様子はない。それでも体中に充《み》ち満ちた感覚があった。

とにかく京之助は顔を洗い、簡単に朝餉を済ませて着替えると、父に譲られた大刀と十手《じって》を帯に差し、巻羽織《まきばおり》で同心長屋を出た。

すると向こうに、三人の武士が連れだって歩いているのが見えた。

大小を帯び袴《はかま》を着け、身なりは立派だが下卑《げび》た顔がどうにも頂けない。

昨今、ここらを徘徊《はいかい》している旗本の次男三男だろう。

役職にも就《つ》けず良い養子口もなく、暇を持て余して何かと町で悶着《もんちゃく》を起こしている連中だった。

その連中が、ちょうど行き合った二人の女に声を掛けた。

見れば、武家娘に供の女らしい。

娘は見目麗《みめうるわ》しく、まだ十七、八だろう。供は乳母《うば》か、四十ばかりの凜《りん》とした女である。

「おお、娘。少し付き合ってくれぬか。お前は帰って良い」

大柄な旗本が娘に言い、女の方には行けというふうに手を払った。

「ぶ、無礼は許しませぬぞ。このお方は」

「ああ、誰でもいい」

女が睨み付けて言うと、男は彼女を押しのけ、強引に娘の手を摑《つか》んで引き寄せようとした。

「あッ……、お志摩《しま》……」

娘が声を震わせ、ここまで来たら京之助も黙っていられなかった。

相手は三人、袋叩きにされるか、あるいは斬《き》られるかも知れない。

それでも父を誇りに思う京之助は、同心として揉《も》め事を放っておくわけにゆかなかった。

それに不思議に全身に力が漲《みなぎ》り、少しも恐ろしいと思わなかったのだ。

「何をしていますか」

京之助が駆け寄って声をかけると、三人の旗本がジロリと彼を睨み、新たな暇つぶしが出てきたかと口元を歪めて笑った。

「不浄役人《ふじょう》、逢い引きの邪魔をするな」

最も体つきの良い男が、眉を険《けわ》しくさせて京之助に言った。

元より同心は士分ではなく、足軽と同格である。しかも死骸などを扱い、汚れ仕事もするので、不浄役人と武士たちからは軽んじられていた。

「お助け下さい、お役人様」

娘が縋《すが》るように言うので、さらに京之助は前に出た。

「その手を離して下さい」

京之助が言うと、男は娘から手を離して突き放すなり、抜く手も見せずに斬りかかってきた。

娘は急いで志摩という乳母に縋り、同時に京之助も十手を抜いていた。

男は斬り捨てる気はなく、切っ先を突き付けて脅すだけだったようだが、一向に相手が怯《ひる》まず十手を構えたので、そのまま斬り下ろしてきた。

京之助が十手の鈎《かぎ》で刀身を受けると、ガキッと音がして火花が散った。

そして京之助が僅かに手首を捻《ひね》っただけで、
キン！

と音を立て、相手の刀が根元近くから折れて飛んだではないか。

「お、おのれ！」

男が柄《つか》を捨て、今度は本気で脇差に手をかけたが、いち早く京之助は懐《ふところ》へ飛び込み、十手の柄を相手の水月《みぞおち》にめり込ませていた。

「うぐ……！」

男が呻き、なおも組み付いてきたところを京之助が腰を捻ると、男は見事な腰投げで宙に舞い、一回転して激しく地面に叩きつけられていた。

肩から落ちた男は声もなく苦悶《くもん》し、しばし起き上がれなかった。

「こ、こいつ、武士に向かって……」

残る二人が言って柄に手をかけたが、京之助がジロリと睨み付けると、

「う……」

その迫力に思わず怯んだ。どうやら強いのは最初の男だけで、この二人は腰巾《こしぎん》着《ちゃく》なのだろう。

そこへ、気の強そうな志摩が前に出て言ったのだ。

「このお嬢様の父上は南町奉行、岩瀬《いわせ》矢十郎《やじゆうろう》様ですよ！」

「な、なに……！」

志摩の言葉に、ようやく起き上がった男が目を丸くした。

「丸に三《み》ツ鱗《うろこ》の家紋、堀田《ほった》和泉守《いずみのかみ》様のご縁者か！　調べれば分かります。この始末、どうお着けになりますか！」

羽織の紋所を見た志摩が歯切れよく言うと、男はすでに背を向けて逃げはじめた二人を追い、一目散に走り去っていったのだった。

「ようよう、すげえぞ、八丁堀《はっちょうぼり》！」

見ていた江戸っ子の野次馬たちが声をかけると、京之助は落ちた刀身と柄を拾い、手拭《てぬぐ》いに巻いて持った。

「良い刀だ。脇差にでも打ち直せますね」

笑みを浮かべて言い、不思議に闘った興奮も残っていなかった。

「お、お助け頂いて有難うございました。こちらは先ほど申し上げた南町奉行、岩瀬様のご息女、久美《くみ》様でございます。この界隈の見回りならば貴方《あなた》様も南町ですね？　お名前は」

志摩が頭を下げて言い、久美は熱っぽい眼差《まなざ》しを京之助に向けていた。

「いえ、昨日同心になったばかりの若輩《じゃくはい》です。名乗るほどの者ではありません」

「私が叱《しか》られます。どうかお名前を」

志摩が熱心に言い、京之助は二人の女に見つめられて顔が熱くなった。

「はい、瓜生京之助と申します」

「瓜生京之助様……」

彼が答えると、久美が頭に刻みつけるように呟《つぶや》いた。

志摩は、これから着物を作りに呉服問屋へ行くところだと言い、奉行所と同じ方角なので、途中まで京之助は送っていった。

そして奉行所との分かれ道まで来ると、

「では、後ほどあらためてお礼を」

「いいえ、どうかお気遣《きづか》いなく。ではこれにて」

志摩が言うのに京之助が答えると、二人は深々と辞儀をした。

京之助は奉行所に向かい、久美の上気した頬と熱っぽい眼差しを思い出しながら歩いた。

(それにしても……)

京之助は、自分の技が未だに信じられなかった。

全身と手足が自然に動き、全くの平常心で恐怖や緊張など微塵《みじん》も感じなかったのである。

しかも、あの男の電光のような抜き打ちの素早さからして、相当な手練《てだ》れだったに違いない。

それを京之助は、難なく十手で受け止めてへし折り、正確に水月への柄当てを行い、さらに大柄な男を宙高く投げ飛ばしていたのである。

（人ならぬ力……？　まさか……）

彼はふと、仄香の言った昨夜の言葉を思い出していた。

では、あれは夢ではなく、本当のことなのだろうか。

魔界から来た女と交わり、人ならぬ力が得られたなどとても信じられないが、自分が急に強くなったことの方が、もっと信じられない。

とにかく京之助は門番に会釈《えしやく》して奉行所に入り、同心の屯《たむろ》する部屋に入った。

「遅いぞ、瓜生！」

すでに来ていた修衛が怒鳴りつけた。

が、ふと京之助の持っているものに目を留めた。

「それは何だ」

「はあ、来る途中、暴漢にいきなり斬りつけられたので、十手で受けたら折れてしまったんです」

「何、お前が十手で……？　それで相手は……」

修衛は目を丸くし、この新米はもしかして相当な技を持っているのではないかと思ったようだ。

「これを捨てて逃げていきました。それで遅れました。済みません」

「そうか、破落戸《ごろつき》の浪人もので、技も刀もなまくらだったのだろう。どれ」

京之助が包んでいた手拭いを畳んで仕舞い、柄と刀身を床に置くと修衛が覗《のぞ》き込んできた。

柄巻も鐔《つば》も立派なもので、刀身も青く光っている。

「これは良いものじゃないか。脇差に打ち直せるな」

修衛は、京之助と同じようなことを言った。

だが修衛ではあるまいし、京之助は私物化するつもりはなく、奉行所の拾得物として預かり、いずれ上からの沙汰《さた》を待つことになろう。

やがて同心たちは今起きている盗みや殺しの報告を聞いてから、見回りの分担をして奉行所を出たのだった。

もう修衛も京之助と連れ立つことはせず、一人で勝手に歩き回っては賄賂を集めるのだろう。

京之助は、但馬屋を見にいってみたが、すでに奉公人たちも戻ってきていて、米問屋は店を再開していた。

暖簾《のれん》の隙間から見ると、幸兵衛も笑顔で客に応対し、どのように話したのか、奉公人たちも番頭が死んだことは納得しているようだった。

そして京之助は市中を見回り、昼に蕎麦《そば》を食って再び見回り、夕刻には帰宅して貧しい夕餉を済ませたのだった。

五

「あ……。やっぱり夢じゃなかったのか……」

寝しなに、いきなり再び仄香が現れると、京之助は驚きと期待混じりの声を洩らした。

「仄香、力を与えてくれて有難う。これからうんと働けそうだ」

「ええ、正義のために頑張って」

言うと、仄香が艶然《えんぜん》と答えた。すでに京之助の一物は、はち切れそうになっている。

「ときに、もらった力は長く保てるものなのか」

「ええ、私たちの寿命に比べれば人の一生などあっという間だから、力が衰えることはないわ」

「それでも、もっと力を補っておきたい」

言い訳がましく言いながら彼が寝巻を脱ぐと、仄香もサラリと着物を取り去ってくれた。

何しろ昨夜は初めてのことで、夢中で済ませてしまったのだ。

だから京之助は、今夜こそジックリ隅々まで女体を味わいたかったのである。

やがて仄香が一糸まとわぬ姿で布団に仰向けになると、京之助も全裸でのしかかっていった。

形良い乳房に顔を埋め、チュッと乳首を含んで舌で転がすと、

「アア……、いい気持ち……」

仄香がうっとりと喘ぎ、生ぬるく甘ったるい匂いを揺らめかせた。

京之助は左右の乳首を味わい、顔中で柔らかな膨らみを味わってから、仄香の

腕を差し上げて腋の下に鼻を埋め込んだ。

生ぬるく湿った腋毛には今宵《こよい》も濃厚に甘ったるい汗の匂いが籠もり、その刺激が彼の胸から股間に伝わってきた。

そして白く滑らかな肌を舐め下り、形良い臍《へそ》を探り、腰から脚を舐め下りていった。

仄香は、何をされてもじっと身を投げ出してくれている。

京之助は足首まで下りると足裏へ回り込んで舌を這わせ、指の股に鼻を押しつけて蒸れた匂いを貪った。

人の女も、こんな匂いがするのだろうか。あの可憐な久美も。

そんなことを思いながら爪先にしゃぶり付き、舌を割り込ませて汗と脂の湿り気を味わった。

両足とも味と匂いを堪能すると、いったん顔を上げ、仄香にはうつ伏せになってもらった。踵《かかと》から脹《ふく》ら脛《はぎ》、ヒカガミを舐め上げて太腿から尻の丸みに舌を這わせた。

谷間は後回しにし、彼は腰から滑らかな背中を舐めていった。

「ああ……」

仄香が顔を伏せて喘いだ。やはり女というものは、体のどこに触れても感じるもののようだ。

京之助は肩まで行って長い髪に顔を埋め、甘い匂いを貪ってから耳の裏側の湿り気も嗅ぎ、舌を這わせた。

うなじから、再び背中を舐め下り、脇腹にも寄り道しながら尻に戻った。

谷間を指で広げると、奥に可憐な薄桃色の蕾があり、鼻を埋めると秘めやかに蒸れた匂いが感じられた。顔中を双丘に密着させて嗅ぎ、舌を這わせて襞を濡らし、ヌルッと潜り込ませて滑らかな粘膜を探った。

「く……」

仄香が小さく呻き、キュッときつく肛門で舌先を締め付けた。

京之助は充分に舌を蠢かせてから、再び仄香を仰向けにさせ、片方の脚をくって股間に陣取った。

ムッチリと張りのある内腿を舐め上げて股間に迫ると、そこは熱気と湿り気が籠もり、すでに陰戸は大量の淫水に潤っていた。

京之助は顔を埋め込み、柔らかな茂みに鼻を擦りつけ、隅々に籠もって蒸れた汗とゆばりの匂いでうっとりと胸を満たした。

（ああ、女の匂い……）

彼は思ったが、果たして人の女も同じようなものかどうか分からない。

嗅ぎながら舌を挿し入れ、膣口の襞をクチュクチュ掻き回してからオサネまでゆっくり舐め上げていった。

「アア……、そこ……」

仄香が喘ぎ、内腿で彼の顔を挟み付けてきた。

やはり人の女も、きっとこの小さな突起が感じるのだろう。

京之助はチロチロと舌先で弾くように舐めては、新たに溢れてくるヌメリを掬《すく》い取った。

「も、もういいわ。今度は私が……」

仄香が言い、彼も股間から這い出して仰向けになっていった。

入れ替わりに彼女が身を起こして移動し、大股開きになった京之助の股間に腹這いになった。

すると、仄香は彼の両脚を浮かせ、尻の谷間に顔を埋めてきたのである。

そしてチロチロと舌を這わせ、肛門にヌルッと舌を潜り込ませてきたのだ。

「あう……。いいよ、そのようなこと……」

京之助は、申し訳ないような快感と刺激に呻き、モグモグと美女の舌を味わうように肛門を締め付けた。

何しろ今日は入浴していないのだ。

だが仄香は、そんなこと全く気にしないように内部で舌を蠢かせ、熱い鼻息でふぐりをくすぐった。

ようやく舌が離れると脚が下ろされ、仄香は鼻先にあるふぐりにしゃぶり付き、二つの睾丸《こうがん》を舌で転がした。

「アア……」

ここも、感じたことのないような快感があって彼は喘いだ。

仄香は股間に息を籠もらせながら、袋全体を生温かな唾液にまみれさせてくれた。そして口を離すと前進し、いよいよ肉棒の裏側をゆっくりと舐め上げてきたのだ。

滑らかな舌が先端まで来ると、仄香は鈴口から滲んだ粘液を味わうようにチロチロと探り、張り詰めた亀頭にしゃぶり付いてきた。

そのまま丸く開いた口でスッポリと根元まで呑み込まれると、

「ああ……、気持ちいい……」

京之助はうっとりと喘ぎ、彼女の口の中で唾液にまみれた幹をヒクつかせた。

仄香も幹を締め付けて吸い付き、熱い鼻息で恥毛をそよがせながら、口の中では満遍《まんべん》なく舌をからみつけてきた。

さらに顔を上下させ、濡れた口でスポスポと摩擦してきたのだ。

「あうう、いきそう……。跨《また》いで入れてくれ……」

急激に絶頂を迫らせて言うと、すぐに仄香もスポンと口を離し、身を起こして前進してきた。

やはり本手《ほんて》（正常位）よりも、茶臼《ちゃうす》（女上位）の方が唾液を垂らしてもらえるし、彼は美女を下から仰ぎたかったのだ。

仄香は彼の股間に跨がり、唾液に濡れた先端に陰戸を押しつけ、位置を定めるとゆっくり腰を沈み込ませてきた。

たちまち屹立《きつりつ》した彼自身は、ヌルヌルッと滑らかに根元まで呑み込まれ、仄香の股間がピッタリと密着した。

「アアッ……！」

仄香が顔を仰け反らせて喘ぎ、キュッキュッと味わうように締め付けながら身を重ねてきた。京之助も下から両手で抱き留め、無意識に両膝を立てて、太腿で仄香の豊満な尻を支えた。

するとと仄香も彼の肩に腕を回し、肌の前面を密着させてきた。

京之助は温もりと感触に包まれ、彼女の顔を引き寄せて唇を重ね、ネットリと舌をからめながらズンズンと股間を突き上げはじめた。

「ンンッ……」

仄香も舌を蠢かせながら熱く呻き、合わせて腰を遣った。

たちまち互いの動きが一致し、クチュクチュと淫らに湿った摩擦音が聞こえ、溢れた淫水が熱く彼の肛門の方まで伝い流れてきた。

「アア、いきそう……」

仄香が口を離して喘ぎ、収縮を強めてきた。

京之助は、彼女の吐き出す花粉臭の息を胸いっぱいに嗅ぎながら、たちまち肉襞の摩擦の中で昇り詰めてしまった。

「く……！」

突き上がる快感に呻き、彼はドクンドクンと熱い精汁を勢いよく放った。

「い、いい気持ち……。アアーッ……！」

噴出を感じた仄香も声を上げ、ガクガクと激しい痙攣を起こして気を遣った。

中は良く締まり、吸い付くような感触に包まれながら、京之助は心置きなく最後の一滴まで出し尽くしていった。

すっかり満足しながら徐々に突き上げを弱めると、仄香も動きを止めてグッタリともたれかかった。

まだ息づく膣内に刺激され、一物がヒクヒクと過敏に震えた。

京之助は新たな力を得た思いで、仄香の甘い吐息を嗅ぎながら、うっとりと余韻に浸り込んでいったのだった。

第二章　生娘《きむすめ》と新造《しんぞう》の熱き心

一

朝、同心長屋を出た京之助は、奉行所へ行く前に湯屋に寄った。

仄香《ほのか》と出会って人ならぬ力を宿してからは、強く念じさえすれば放っておいても、月代《さかやき》や髭《ひげ》は伸びないし汗をかかず垢《あか》も溜まらないのだが、やはり習慣と気分の問題がある。

だいいち年中仄香の力に頼っていては、横着になるばかりだ。

町方同心が入るのは女湯で、京之助は今日初めて女湯に入った。

男は朝風呂を好むので混むが、女は家事があるので朝は空いているのだ。それに女湯に浸かり、隣から聞こえる男湯の会話に耳を傾けて町の様子を知るという役割もある。

だから女湯の脱衣所には、同心用の刀掛けが備えられているのだ。

幸い、女湯には誰もいないようだ。京之助は大小と十手《じって》を刀掛けに置き、着物を脱いで洗い場に入った。

もちろん空いているとはいえ、暇な隠居の婆さんや朝まで働いていた夜の女たちが来ることもあるだろう。

しかし彼女たちは、男がいれば同心と分かるので、特に話しかけてくるようなこともなく身を遠ざけるらしい。

京之助も、まだ人の女を知らないから全裸の女体を見たら密かに興奮してしまうだろうが、何とか平静を装い、勃起を抑えて何事もなく過ごそうと思っていたのである。

やがて彼は体を洗い、柘榴口《ざくろぐち》をくぐって湯に浸かった。

中は薄暗く、それは湯の汚れを隠すためだとも言われている。

と、ゆっくり浸かっていると、そこへ一人の女が入って来たではないか。

「あ……」

女は京之助に気づくと小さく声を洩らし、慌てて手拭《てぬぐ》いで胸を隠して湯船に入ってきた。

彼も驚いて、思わず身を硬くした。

見れば、それは但馬屋の後妻、まだ三十前の比呂ではないか。

どうやら赤ん坊は子守女にでも預け、開店前に急いで湯屋に来たのだろう。

互いに会釈《えしやく》すると、比呂は肩まで湯に浸かって話しかけてきた。

「お若い同心さん、先日は……」

「ああ、大変だったな」

京之助は答え、化粧していなくても美しい比呂の顔が眩《まぶ》しかった。

後妻に入る前まで、比呂は料理屋の仲居をしていたと聞いている。それを常連の幸兵衛が見初《みそ》めたらしく、料理屋の同僚たちは上手《うま》く玉《たま》の輿《こし》に乗ったとか色仕掛けで幸兵衛を落としたとか、当時はいろいろ言われたらしい。

色仕掛けが得手なら、あるいは番頭の茂助を誘惑したのは比呂の方ではないかと、京之助はチラと思った。

「茂助というのは、ああした狼藉《ろうぜき》に及ぶような男だったのか」

京之助は、つい詮索《せんさく》してしまった。

「ええ、あたしの洗濯物、腰巻や足袋《たび》や襦袢《ジユバン》などを、年中こっそり自分の部屋に持ち込んで、朝になって何事もなく戻していました」

比呂が、心から嫌そうに話しはじめた。

彼女の乳首からは乳汁《ちしる》が漏れているのか、胸の前の湯がうっすらと白く濁《にご》っていた。

柘榴口の中の湯船は暗いが、五感が研《と》ぎ澄まされている京之助にはよく見え、ほのかに甘い比呂の体臭も感じられた。

「そうだったのか……」

京之助は答えた。

男の、そうした気持ちは分かるのだ。まして同じ屋根の下に美しい若女将《わかおかみ》がいれば、その匂いの沁み付いたものをこっそり持ち込んで、手すさびすることもあるだろう。

そして男はこっそりしているつもりでも女の方は勘が良く、男のそうした行為を敏感に察してしまうようだ。

「それだけじゃありません。厠《かわや》を覗《のぞ》いている気配も年中で、二人きりになるのは避けていたのですが、とうとうあんなことに……」

比呂の言葉や顔つきを見る限り、本当に茂助を嫌悪していたようで、これなら誘惑という線はないだろうと京之助は確信した。

「ならば、自業自得だな……」

「はい、申し訳ないけれど、いなくなってほっとしました」

比呂は言いながらも、まだ何か悩みを抱えているように視線を落とした。

「他に、何か気がかりでもあるのか」

「ええ、こんなこと申し上げては何ですが、田所様が、最近とみに私に色目を使うように……」

比呂が、ためらいがちに言う。

いかに京之助が若くても、彼の宿す不思議な雰囲気に、つい彼女も縋《すが》る思いが出てきてしまったのかも知れない。

「そうか……」

修衛《よしもり》ならば、充分に有り得ることである。彼もまた、三十になるのに独り者なのだ。付き合う女と良いところまでいっても、横暴で粗暴な本性が出ると嫌われるのだろう。

「それに何かと心付けを求めてくるし……」

それも、修衛ならばするだろう。まして弾みとはいえ、幸兵衛の茂助殺しを揉《も》み消してやったのだ。

「それから……」

なおも比呂が言いかけたとき、女湯に数人の女たちが入ってきた。夜の女たちで、賑《にぎ》やかに笑いながら着物を脱いでいる。

「では……」

比呂が口を閉ざして言い、また手拭いで胸を隠しながら湯から上がっていくと白く豊満な尻が見えた。

「また立ち寄る。心配事があったら言ってくれ。必ず何とかする」

「有難うございます」

比呂が言うと、京之助も湯船を出た。全裸の比呂と話すのは心ときめくが、これ以上浸かっていると逆上《のぼ》せてしまいそうだ。

もちろん仄香の力で逆上せることなどないだろうし、何とか勃起は抑えきっていた。

「おや、お邪魔してしまったかしらねえ」

女たちが前も隠さず入ってきて、京之助と比呂を見て言った。

京之助は無言で脱衣所に出て、身体を拭くと手早く身繕《みづくろ》いをした。

そして大小と十手を帯び、女たちの匂いのする女湯を出た。

そのまま京之助は、真っ直ぐ南町奉行所に出仕した。朝の出仕は、余程の案件を抱えていない限り四つ（午前十時頃）である。

すでに修衛も来ていて、彼は自分より新米が後から来たことに小言を言おうとしたが、そのとき筆頭同心が駆け寄ってきた。

「瓜生、お奉行がお呼びだ。すぐに行け」

「お、お奉行が……？」

驚いて言ったのは、修衛だった。

「お奉行が、瓜生に何の用が」

「ええい、お前ではない。瓜生、早く行け」

「はい」

筆頭同心に言われ、京之助は一同に辞儀をして部屋を出た。廊下を進んだが、もちろん奉行の部屋など行くのは初めてである。

それでも奉行所の造りは父からおおよそ聞いていたので、このあたりだろうと見当を付けた。

「瓜生京之助、参りました」

「おお、ここだ」

声を掛けると、思った通り一番奥から声がしたので京之助は膝を突き、襖《ふすま》を開けた。そして深々と平伏すると、

「ああ、いいから入れ」

奉行が気さくに言い、京之助も膝行《しっこう》して襖を閉め、改めて正面に頭を下げた。

南町奉行、岩瀬出羽守《でわのかみ》矢十郎、四十歳。

恐る恐る目を上げると、丸顔で笑みを浮かべているが眼差《まなざ》しは威厳のある光を湛《たた》えている。

「瓜生千之助の倅《せがれ》か」

「は、父をご存じでしたか」

「ああ、良い男を亡くした。頭が切れて機敏で、実に速やかに動いて采配《さいはい》も見事であった」

「恐れ入り奉ります」

「まあ、ざっくばらんにいこう。過日、娘の危機を救ってくれて忝《かたじけな》い。深く礼を言うぞ」

「と、とんでもない。同心として、誰であろうと関わりませんでございます」

「うん、千之助によう似ておる」

矢十郎は眼を細めて言う。

「体術は、父の仕込みか。何を習《なろ》うた」

「は、やわらに十手術、捕縛術《ほばくじゅつ》に剣術です」

訊《き》かれ、どうせ仄香にもらった力で何でも出来るのだからと、京之助は順々に答えた。

そこで矢十郎は胡座《あぐら》になり、驚くべきことを言いはじめたのだった。

二

「実は、困ったことになった」

「な、何があったのでございますか」

嘆息して言う矢十郎に、京之助は驚いて訊いた。

「娘の久美が、お前のことばかり言《ゆ》うて、とうとう伏せってしまいおった。どうやら恋煩《こいわずら》いだな」

「そ、そんな……」

あまりに意外な言葉に、京之助は目を丸くした。

「ああ、お前のせいではない。娘が勝手に思い煩《わずろ》うただけだ」

矢十郎は気遣《きづか》うように言い、ただ京之助は恐縮するばかりだった。

久美は十八歳、今まで見合いしたこともなく、母親はすでに亡いので、乳母《うば》の志摩が母親代わりなのだろう。

そして久美には弟がいて、すでに元服しているので岩瀬家の跡継ぎはいるようだった。

「そろそろ嫁に出そうと、あれこれ探していたところなのだが……」

矢十郎は言い、言葉をとぎって京之助を見た。

「おぬし、どこぞの旗本へ養子に入って士分になる気はないか」

「い、いえ……」

京之助は、矢十郎の思惑が分かった。

矢十郎は、彼を旗本にして何らかの役職に就《つ》かせ、久美を嫁《とつ》がせようというのだろう。

「私は瓜生家でたった一人残ったものですし、父の跡を継いで同心になったことを誇りに思っていますので、他の道を探す気はございません」

京之助は顔を上げて、はっきりと言った。

もちろん本心であるし、士分になり久美と夫婦になるなど、とても考えられなかったのだ。

かといって、いかに久美が京之助に焦《こ》がれていても、旗本の娘が同心の新造になれるわけもない。不釣り合いは不仲の元、世の中の仕組みとは、そうしたものなのである。

すると矢十郎は、また嘆息した。

「左様か。千之助の倅なら、そう言うと思った……」

「申し訳ございません」

「いやいや、つい娘可愛さに先走ったことを言ってしまった。いきなりで驚いただろうが忘れてくれ」

「はい」

「だが、せめて見舞《みも》うてくれるか」

「それはもちろん、今日にでも伺うことに致しましょう」

「ああ、先代の隠居宅に志摩と二人でいる。手ぶらで構わん。久美に顔を見せてやってくれ」

矢十郎は場所を教えてくれた。

「では、これにて失礼いたします」

京之助は言い、辞儀をして奉行の部屋を出た。

そして同心部屋に戻ると、すでに町方同心たちは見回りに出かけていた。

しかし残っていた修衛が、すぐにも駆け寄ってきた。

「おい、瓜生、お奉行から何の話だったのだ！」

「いえ、他言無用と仰《おお》せつかっておりますので」

「なにい！　貴様、先輩の俺にも話せぬ事なのか！」

修衛は京之助の胸ぐらを摑《つか》んできた。

「田所、止《よ》せ！　恐らく密命を受けたのだろうから詮索するな！」

「み、密命……」

筆頭同心に言われると、修衛は硬直して息を呑み、やがて京之助の襟《えり》から手を離した。

「では、見回りに行って参ります」

京之助は二人に頭を下げて言い、自分の大刀を刀掛けから取って部屋を辞すと腰に帯びて外に出た。

追ってくるかと思ったが、修衛は来なかった。

京之助は、但馬屋の比呂も気になるが、まずは久美を訪ねることにした。

矢十郎の先代はすでに亡く、その隠居宅は武家屋敷街の外れ、教わった通りに歩くと商家との境目に見つかった。

こぢんまりとした瀟洒《しょうしゃ》な仕舞《しも》た屋《や》で、周囲は黒塀に囲まれ、京之助は門から入っていった。

すると戸口と庭との境に、何と仄香が姿を現したのである。

「お志摩さんは、買い物に出しますので、半刻（約一時間）ほど二人きりになれますよ」

仄香はそう囁《ささや》き、すぐに姿を消してしまった。

では、二人きりで懇《ねんご》ろになって良いということなのだろうか。仄香の力があれば、事が済むまで志摩は戻ってこないに違いない。

京之助は、真面目で心正しい同心でいようと思っているのだが、淫気ばかりはどう仕様もない。

しかし相手は奉行の娘で、しかも生娘であろう。

初めて人の女に触れたいという欲求は強いが、いきなり旗本の娘を相手にして良いものなのだろうか。

もちろん懇ろになったところで、あとで悶着《もんちゃく》など起きないよう仄香が何とかしてくれるのかも知れない。

とにかく考えていても仕方がないので、京之助は戸口を開けて訪《おとの》うた。

「御免下さい。八丁堀の瓜生です」

言うと、すぐ小走りに志摩が出てきた。

「お奉行に言われてお見舞いに参りました」

「まあ、ようこそ。どうぞお上がり下さいませ」

志摩も答え、京之助は上がり込んだ。

廊下は磨かれて掃除が行き届き、二間と厨《くりや》に厠、裏には井戸もあるようだ。

久美も、岩瀬家の屋敷では弟や家来衆をはじめ、奉公人も多くて賑やかなのでこの隠居宅で静養しているのだろう。

「お嬢様、瓜生様がいらっしゃいました」

「まあ！」

志摩が襖の前で膝を突いて言うと、すぐ中から久美の声が返ってきた。

京之助も鞘《さや》ぐるみ抜いた大刀を右に置き、並んで正座すると志摩の手で襖が開けられた。

「京之助様、どうか中へ」

久美が布団から半身を起こして言い、彼も志摩と供に座敷に入った。

「お加減は如何《いかが》でございますか」

「ええ、京之助様のお顔を見たらすっかり」

彼が言うと、久美は顔を輝かせて答えた。

「まあ、ならば今日は何かお召し上がりになれますね。私は買い物に行って参りますので」

志摩が言い、腰を浮かせた。

「では、瓜生様。どうか私が戻るまでお嬢様をお願い致します。そしてご一緒に昼餉《ひるげ》を」

「恐れ入ります。どうかお気遣いなきように」

京之助が志摩に答えると、彼女もすぐに部屋を出て襖を閉め、戸口を開けて出てゆく音が聞こえた。

厳しそうな志摩も、久美の明るい顔を見て安堵《あんど》したか、あるいは仄香に操《あやつ》られているのか、何の危惧《きぐ》もしておらぬように出て行ったのである。

あらためて京之助は、白い寝巻姿でいる久美を見た。

長い黒髪を下ろし、化粧っ気もないが整った顔立ちは美しく、上気した頬には笑窪《えくぼ》が浮かんでいた。

伏せっているといっても昨日今日だけなので、やつれた様子はなく、それでも室内に立ち籠める生ぬるく甘ったるい体臭が彼の股間を疼《うず》かせた。

「ほら、ここ。あの男に強く握られた痕《あと》です」

久美が、いきなり袖《そで》をめくって二の腕まで露《あら》わにし、前腕を摑まれた指の痣《あざ》を見せた。

「失礼」

京之助はにじり寄り、気を込めながらそっと痣を指で撫《な》でてやった。すると、たちまち指の痕が消え去ったのである。

「これで大丈夫でしょう」

「まあ、なぜ……。きっと神様が運命の人と引き合わせてくれたのかしら……」

「どうか横に」

京之助は言い、そっと押しやると久美は彼の手を離さず、握ったまま素直に仰向けになった。

「父からは、どのように?」

「私に、どこかの旗本へ養子に入らないかと仰《おつしや》られました」

「まあ、それで？」

勢い込んで訊いてくる久美の吐息が、ほんのりと甘酸っぱく匂った。

「申し訳ありませんが、お断りしました。私は瓜生の家を遺《のこ》し、このまま同心でいたいのです」

「ならば、私が同心に嫁ぎます」

久美が言う。大人しげな顔立ちに似合わず、相当に気が強いのかも知れない。

「父に頼んでみますので」

彼女は言い、決意の表れのように唇を引き結んだ。

三

「京之助様。お水を」

「どうか、呼び捨てにして下さいませ」

久美に言われ、京之助は枕元にある盆を引き寄せ、水指《みずさし》から湯飲みに水を注いで手にした。

そして抱き起こそうとすると、久美は嫌々をして積極的に顔を寄せてきたのである。どうやら口移しを望んでいるようだ。

京之助も激しく勃起しながら水を含み、そっと久美に唇を重ねた。

(初めて、人の女と口吸いを……)

柔らかく清らかな感触に、彼は痛いほど股間を突っ張らせ、そろそろと含んだ水を注ぎ込んでやった。

「ンン……」

久美は小さく声を洩らし、両手を彼の首に巻き付けて抱き寄せながら、コクコクと喉を鳴らして美味《おい》しそうに飲み込んだ。

そして京之助が口の水を全て注いでも、久美はなおも唇を離さず、何と舌を伸ばして彼の歯並びを舐め回してきたのである。

どうやら旗本娘とはいえ、女の仲間同士で情交のことなどあれこれ話し合い、知識と好奇心は旺盛《おうせい》なのだろう。

京之助も歯を開いて舌を触れ合わせ、チロチロとからめてやった。

久美の熱い息が弾み、彼の鼻腔《びこう》が生温かく湿った。

彼女は京之助の舌を強く吸い、頬を撫で回してきた。

長く口吸いをしていたが、息苦しくなったか、ようやく口が唇を離した。

「アア……、体が舞うような……。でも火照《ほて》って苦しいわ……」

久美は熱っぽい眼差しを彼に向けながら胸をはだけ、白く清らかな乳房を露わにしてしまった。

「京之助、どうか、火照りを鎮《しず》めて……」

久美が言い、彼の顔を胸に引き寄せてきた。いったん呼び捨てにしてしまうとまるで従者でも相手にしているような気分になるのか、さらに大胆さが増してきたようだ。

京之助も屈《かが》み込んで、薄桃色の乳首に吸い付き、舌で転がしながら顔中で生娘の膨《ふく》らみを味わった。

「ああ……、くすぐったくて、いい気持ち……。もっと強く……」

久美は切れぎれに声を弾ませ、クネクネと身悶《みもだ》えては甘ったるい匂いを濃厚に立ち昇らせた。

京之助は左右の乳首を交互に含んで味わうと、さらに腕を上げさせて腋《わき》の下にも鼻を埋《うず》め、生ぬるく湿った和毛《にこげ》に籠もる甘ったるい汗の匂いを嗅《か》いでゾクゾクと興奮を高めた。

「アア……」

久美はくすぐったそうに悶えながら足で布団をめくり、帯を解くとシュルッと引き抜き、寝巻の前を完全に開いてしまった。

「京之助、私だけでは恥ずかしいから、お前も脱いで……」

久美が息を弾ませて言う。

すっかり上下関係がはっきりすると、夫婦になりたいという気持ちも薄れるだろうと、京之助は少し安心した。

彼は脇差と十手を抜いて置き、手早く帯を解いて着物と襦袢を脱ぎ、下帯《したおび》まで解き放って全裸になってしまった。

そして肌を露わにしている久美の足に屈み込み、足裏に舌を這わせて縮こまった指の間に鼻を押しつけて嗅いだ。指の股は汗と脂《あぶら》に湿り、蒸《む》れた匂いが悩ましく沁み付いていた。

それは、仄香と似た匂いである。

京之助は旗本娘の匂いを貪《むさぼ》り、爪先にしゃぶり付いて順々に指の間にヌルッと舌を割り込ませて味わった。

「アアッ……、汚いのに……」

久美は声を震わせて喘《あえ》ぎながらも、拒《こば》むことはしなかった。

京之助は両足とも味と匂いを貪り尽くしてから、久美の股を開かせ、脚の内側を舐め上げていった。

白くムッチリした内腿を舌でたどり、彼は生娘の股間に迫った。

割れ目はすでに大量の蜜汁に潤《うるお》っていたが、先に彼は久美の両脚を浮かせて尻に迫った。

指で谷間を広げると、薄桃色の蕾《つぼみ》がひっそり閉じられている。

鼻を埋めると、蒸れた汗の匂いに混じり、秘めやかな微香も感じられた。

京之助は匂いを貪ってから、舌を這わせて細かな襞を濡らし、ヌルッと潜り込ませて滑《なめ》らかな粘膜を探った。

「あう……」

久美が驚いたように呻《うめ》き、両脚を浮かせながらキュッキュッと肛門で彼の舌先を締め付けてきた。

彼が甘苦い粘膜を味わうと、鼻先にある陰戸《ほと》からトロトロと大量の淫水が溢《あふ》れてきた。

彼は脚を下ろし、無垢《むく》な陰戸に近々と迫って目を凝《こ》らした。

ぷっくりした丘には楚々《そそ》とした若草が、恥ずかしげにほんのひとつまみほど煙り、割れ目からはみ出した花びらは露《つゆ》を宿し、指で広げると生娘の膣口が可憐《かれん》に息づいていた。

包皮の下からは、仄香より小粒のオサネが光沢を放って突き立っていた。

清らかな眺めに堪《たま》らず、京之助はギュッと顔を埋め込んでいった。

淡い茂みに鼻を擦《こす》りつけて嗅ぐと、彼は蒸れた汗とゆばりの濃厚な匂いに噎《む》せ返った。

（ああ、生娘の匂い……）

京之助はうっとりと酔いしれながら思い、充分に胸を満たしてから舌を這わせていった。

舌を挿《さ》し入れ、熱く濡れた膣口の襞をクチュクチュ掻き回すと淡い酸味が感じられ、彼はヌメリを掬《すく》い取りながらオサネまで舐め上げていった。

「アアッ……、そこ……」

久美がビクッと顔を仰《の》け反《ぞ》らせて喘ぎ、内腿できつく彼の顔を挟み付けた。

京之助はもがく腰を抱えて押さえつけながら、チロチロと執拗《しつよう》に小粒のオサネを愛撫した。

同時に、指を濡れた膣口に挿し入れると、中は熱く濡れ、挿入したら心地よいであろうヒダヒダが感じられた。

指を出し入れさせて内壁を擦り、なおもオサネを吸っていると、

「あう、駄目、洩れちゃう……。アアーッ……！」

久美が声を上げ、ガクガクと狂おしい痙攣《けいれん》を開始するなり、チョロッと熱い流れをほとばしらせた。

どうやら気を遣《や》ってしまったらしい。

旗本娘でも、耳年増《みみどしま》になればオサネをいじる悪戯《いたずら》ぐらいしていたのだろう。

熱い流れを味わうと、どうやら淫水ではなくゆばりのようで、あまりの快感に漏らしてしまったようだ。

もちろん嫌ではなく、京之助は喉を鳴らして飲み込み、生娘から出たものを取り入れる悦《よろこ》びに浸った。

「も、もういい、京之助。止《や》めて……」

久美が嫌々をして声を上ずらせた。どうやら射精した直後の亀頭のように、全身が敏感になっているようだ。京之助も布団を濡らすことなく全て飲み尽くしてから、ようやく久美の股間を離れて身を起こしたのだった。

久美は均整の取れた肢体を投げ出し、ハアハアと荒い息遣いを繰り返し、たまに思い出したようにビクッと肌を震わせていた。

やがて呼吸を整えると、久美は手で尻の下を探った。

「濡れていないわ。ゆばりを漏らしてしまったと思ったのに……」

「ええ、全部飲んでしまいましたので」

「まあ……」

言うと久美は息を呑んだが、嫌そうではない。

「ね、京之助の股の間も見てみたい」

久美が顔を上げて言うが、力が抜けて起き上がれないらしい。

「跨《また》いで」

彼女は言って、京之助の手を引っ張った。

京之助も恐る恐るにじり寄り、とうとう久美に導かれるまま仰向けの顔に跨がってしまった。

「ああ……」

京之助は喘ぎ、旗本娘の顔を跨ぐという、激しい畏《おそ》れ多さと緊張にふぐりが縮み上がる気がした。

「まあ、何て太くて大きな、でもおかしな形……」

久美は真下から、激しくそそり立つ肉棒を見て言い、息で股間をくすぐった。

そしてふぐりに触れ、お手玉でもいじるように二つの睾丸《こうがん》を探った。

さらに久美は、顔に触れるほど彼の股間を引き寄せたのだった。

四

「ここ、京之助も舐めてくれたのね……」

久美は言うなり、潜り込むようにして京之助の尻の穴にチロチロと舌を這わせてきた。

「あう、なりません……」

京之助は呻いたが、あまりの快感に股間を引き離すことが出来なかった。

旗本の生娘に尻を舐められるなど、この世にあってはならぬことに思えた。

しかし今朝は湯屋に寄ったたし、仄香の力もあって匂いも汚れもないだろう。

久美は真下から熱い息を吐きかけながら、自分がされたようにヌルッと舌先を潜り込ませてきた。

「く……！」

京之助は妖《あや》しい快感に呻き、モグモグと久美の舌を肛門で締め付けた。鈴口《すずぐち》から粘液が滲んできた。

中で舌が蠢《うごめ》くたび、内部から刺激されるように幹が上下に震え、鈴口《すずぐち》から粘液が滲《にじ》んできた。

やがて舌を引き離すと、久美は鼻に覆《おお》いかぶさっているふぐりに舌を這わせ、二つの睾丸を転がしてくれた。

巾着袋《きんちゃくぶくろ》が温かな唾液にまみれると、久美は最も興味のある肉棒に向かった。

「下に向けて」

久美が言うので、京之助も急角度にそそり立っている幹に指を添え、下向きにさせた。

彼女も両手で拝むように幹を挟み、濡れた先端に舌を這わせた。

ヌメリは不味《まず》くなかったようで、さらに張り詰めた亀頭にもしゃぶり付き、モグモグとたぐるように喉の奥まで呑み込んでいった。

「ああ……」

京之助は清らかな唾液にまみれた幹を震わせ、激しい快感に喘いだ。

久美も上気した頬に笑窪を浮かべ、熱い鼻息で恥毛を震わせて吸った。

舌がからまり、たまにぎこちなく当たる歯の感触も新鮮だった。

快感に任せて深く潜り込ませると、

「ンン……」

喉の奥を突かれた久美が微《かす》かに眉をひそめて呻き、その刺激でたっぷりと唾液が溢れてきた。

京之助も絶頂を迫らせ、無垢な口を汚《けが》したい衝動に駆られたが、やがて苦しげに久美が口を離してきた。

「ね、入れて、京之助。最後までしてみたいわ……」

久美が言い、彼も跨いでいた股間を引き離した。

従者のように扱っていたが、まだ夫婦になりたい気持ちはあるのだろう。

あるいは子を作ってしまえば、矢十郎も同心に嫁ぐことを許すと思ったのかも知れない。

もちろん京之助が宿した魔界の気を込めれば、自分から望まぬ限り孕《はら》むようなことはないだろう。

彼は移動し、仰向けの久美の股を開き、股間を進めていった。

久美も神妙に身を投げ出し、初の体験に期待して息を弾ませていた。

幹に指を添え、先端を濡れた陰戸に擦りつけながら位置を定めた。

「いいですか」

「ええ、来て……」

久美が答えたので、彼もグイッと股間を押し進めた。すると張り詰めた亀頭が無垢な膣口を丸く押し広げて潜り込み、あとは潤いでヌルヌルッと滑らかに根元まで挿入することが出来た。

「あう……」

久美が眉をひそめて呻き、ビクリと全身を硬直させた。

京之助が脚を伸ばして身を重ねると、久美も下から両手で激しくしがみついてきた。

じっとしていても、息づくような収縮が繰り返され、彼は激しく高まった。

さすがに仄香より締め付けが強く、中は熱いほどの温もりが満ちている。

「痛いでしょう。大丈夫ですか」

「ええ、いい気持ち……」

囁くと、久美が答えた。破瓜《はか》の痛みは一瞬で、今は男と一つになった感激に全身が満たされているようだ。

それに魔界の力で、彼の快楽が久美にも伝わっているのかも知れない。

京之助は彼女の肩に腕を回し、のしかかりながら徐々に腰を遣いはじめた。

胸の下では張りのある乳房が押し潰《つぶ》れて弾み、恥毛が擦れ合い、コリコリする恥骨の膨らみも伝わってきた。

「無理だったら言って下さいね」

「アア、いいわ。もっと強く刺して……」

言うと久美は熱く喘いで答え、収縮と潤いを増していった。

いったん動いてしまうと生娘への気遣いも忘れ、彼はあまりの快感に腰が止まらなくなってしまった。

いつしか久美も下からズンズンと腰を突き上げて動きを合わせ、彼の背に爪まで立ててきた。

互いの接点からは、ピチャクチャと淫らな摩擦音も聞こえ、溢れる蜜汁で動きが滑らかになっていった。

京之助は上から唇を重ねて舌をからめたが、

「い、いい気持ち……」

久美が息苦しそうに口を離して顔を仰け反らせた。

彼は久美の吐き出す湿り気ある息を嗅ぎ、濃厚に甘酸っぱい果実臭で胸を満たしながら、たちまち昇り詰めてしまった。

「い、いく……！」

大きな絶頂の快感に口走り、京之助は熱い大量の精汁を、ドクンドクンと勢いよく柔肉の奥へほとばしらせた。

「あう、熱いわ、すごくいい……。アアーッ……！」

噴出を感じた久美も身を反らせ、ガクガクと腰を跳ね上げながら声を上げた。

初回から気を遣る女がいるとは聞いていたが、久美の場合は京之助の魔界の力が大きいのだろう。

もし、いつまでも痛みが残っていたら、さすがに帰宅した志摩の前で取り繕うことも出来ないに違いない。

京之助は大きな感激と快感を嚙み締めながら、心置きなく最後の一滴まで出し尽くしていった。とうとう人の女と、しかも旗本の生娘と交わることが出来たのである。

彼はすっかり満足しながら、徐々に動きを止め、力を抜いてもたれかかった。

久美も、いつしか全身の強《こわ》ばりを解いてグッタリと身を投げ出している。

まだ膣内はキュッキュッときつく締まり、その刺激に、中で過敏になった幹がヒクヒクと上下した。

「アア……、まだ動いているわ……」

「ええ、中で悦んでいるのです」

喘いで言う久美に答え、京之助は可愛らしく甘酸っぱい吐息を胸いっぱいに嗅ぎながら、うっとりと快感の余韻を味わったのだった。

そして気を込めながら身を起こし、そろそろと一物《いちもつ》を引き抜いていくと、これも魔界の力か、拭くまでもなく双方のヌメリは全て体内に吸収されていた。

破瓜の血もないし、懐紙《かいし》で拭く必要もないので、これなら志摩にも気取《けど》られずに済むだろう。

京之助は、互いの呼吸が整うまで添い寝すると、

「こんなに、気持ち良いものだったなんて……」

久美が横から肌を密着させながら言った。

「嫁いだ知り合いからは、最初はかなり痛いと聞いていたのに、それは最初のうちほんの少しだけだったわ……」

「そう、相性が良かったのかも知れませんね」

京之助も答え、やがて身を起こした。

そろそろ志摩が帰ってくる頃合いだろう。久美も素直に起き上がり、乱れた寝巻と髪を調《ととの》えた。

情事の残り香だけは如何《いかん》ともしがたいが、それこそ魔界の力で消し去り、志摩が気づくことはないだろう。

京之助は脇差と十手を腰に帯び、布団の横に正座した。

久美も布団に身を起こし、いかにも二人でお喋《しゃべ》りしていたふうを装った。

「ただいま戻りました」

間もなく志摩の声がし、部屋に入って来た。

「まあ、お顔の色もよろしいですね。お昼は食べられますでしょう」

志摩が言って包みを開くと、買ってきた握り寿司や巻寿司が並んでいた。

「わあ、美味しそうだわ」

久美が歓声を上げて手を伸ばすと、志摩が微笑《ほほえ》みながら、隣室の火鉢に掛かっていた鉄瓶《てつびん》から茶を入れてくれた。

京之助も相伴《しょうばん》に預かり、やがて隠居宅を辞すと、彼は但馬屋へと向かっていったのだった。

五

「あ、どうか離れの方へ……」

京之助が但馬屋に顔を見せると、比呂が出て来て裏を指した。

幸い、修衛は来ていないようである。

比呂は、呉服問屋の商売のことは分からないので、店は幸兵衛や手代たち奉公人に任せ、自分は内証《ないしょ》のことに専念しているようだ。

だから赤ん坊だけ子守女に預ければ、座を外しても構わないのだろう。

京之助が離れに入り、上がり框《かまち》に腰を掛けて待っていると、すぐに比呂が盆に湯飲みを乗せて入ってきた。

「どうぞ、お上がり下さい」

言われて、京之助も草履《ぞうり》を脱いで上がり込んだ。

何やら、岩瀬家の隠居宅に似た感じである。

向かい合わせに座ると、京之助は今朝湯屋で見た比呂の肌を思い出し、股間を熱くさせてしまった。

「何やら、相談事があるのではないか？」

彼が茶をすすって言うと、比呂はモジモジと下を向いて少し迷った。

旗本娘の久美は、意外なほど大胆で奔放《ほんぽう》だったが、町女の新造は、久美よりもずっと大人しく控えめのようだった。

「はい……」

「やはり、田所様のことか」

言うと、比呂は頷《うなず》いた。

「何とか毒草を手に入れるので、毎日少しずつうちの人に飲ませたらどうかと」

「何ですって……？」

京之助は、あまりに意外な話に目を丸くした。

「うちの人が病死して、ほとぼりが冷めたら自分を婿養子《むこようし》にしないかとのことです。いつまでも同心稼業などしていても、儲《もう》からないし未練もないので、二人で但馬屋を盛り立てないかと」

「ううむ……、そんなことを……」

確かに修衛は、同心の仕事に命など懸《か》けていないだろうし、町人になって色と金を手に入れようとしているのだろう。

「それで、お比呂さんはどう思うのです」

「もちろん田所様のことなど大嫌いです。それに、せっかく手に入れた穏やかな暮らしですし」

比呂が俯《うつむ》いて言う。あとで聞くと彼女は孤児で、いろいろと苦労を重ねてきたようだった。

「分かりました。それは実に役人にあるまじき行いです、必ず私が止《や》めさせましょう」

「本当でございますか……」

比呂が顔を上げて言った。

こんな新米に何が出来るのだろうという不安と同時に、何やら彼の妖しい雰囲気に、全て頼り切りたい気持ちが混じっているようだった。

「むげに断れなかったら、毒草だけ受け取って捨ててしまいなさい」

京之助は言い、比呂から漂う甘ったるい熱気、恐らく乳汁の匂いにいつしか勃起してきてしまった。

とにかく修衛の企《たくら》みは、幸兵衛を少しずつ毒で弱らせるという遠大なものらしいから、そうすぐに比呂に狼藉を働いてくるとも思えない。

そして、いずれ但馬屋を手に入れるつもりなら、付け届けも多額ではなく、当座のものをちまちまと受け取るだけだろう。

「むろんこの家への見回りも怠《おこた》りませんので」

「はい、有難うございます……。でも、お若いのに不思議な方ですね。何でもお見通しのようで……」

比呂が言い、京之助はそのとき彼女の揺らぐ目の中にある秘密を見抜いてしまった。

「あ、もしや、茂助を刺したのはお比呂さんでしたか……」

「まあ……!」

言うと、比呂はビクリと身を強ばらせて声を洩らした。

「そうか、それで分かった。幸兵衛さんはあなたを庇《かば》って、自分がしたと言い張り、それを田所様も何となく察して、それで何かとお比呂さんに近づいてきたのですね」

「お、仰る通りです……。では、私は咎《とが》を受けることに……」

比呂は涙を溜め、か細く言った。

「いや、あれは済んだことです。悪いのは狼藉を働いた茂助なのですから」

京之助が言うと、比呂は顔を伏せて身悶えた。

泣いているのかと思ったら、胸を押さえて呻いているではないか。

「どうした」

にじり寄って背をさすると、

「お乳が張って苦しいものですから。でも、すぐ治まりますので……」

比呂が切れぎれに答えた。

「では、すぐ赤ん坊に飲ませに行くか」

「いいえ、飲ませて眠ったばかりです。私は元々乳が多いたちのようで……」

比呂が顔を上げて言うと、お歯黒の間から洩れる息が熱く彼の鼻腔を刺激してきた。

光沢のあるお歯黒が色っぽく、かえって舌や唇の桃色が際立った。吐息の匂いは肉桂《にっけい》に似た刺激に、お歯黒の金臭い成分が入り混じり、悩ましく京之助の鼻腔を掻き回した。

それに、全身から漂う生ぬるい乳の匂いが彼を酔わせた。

いかに朝湯に浸かっても、多いという乳汁の漏れが否応《いやおう》なく揺らめいてくるのである。

「では、私が吸い出そうか」

京之助が言うと、断るかと思った比呂が帯を解き、手早く胸元を寛《くつろ》げはじめたではないか。

やはり魔界の力に操られ、しかも修衛は元より、事が終わるまで誰も離れに来ることはないのだろう。

「済みません、お願い致します。吸ったものはここに吐き出して下さい」

比呂は豊かな乳房を露わにし、湯飲みを指して言った。

京之助も顔を寄せ、濃く色づいた乳首に迫った。見ると、ポツンと白濁《はくだく》の雫《しずく》が浮かび、膨らみに何筋か垂れた痕があった。

京之助はチュッと含んで雫を舐め、顔中を豊満な膨らみに密着させながら強く吸った。

たちまち薄甘い乳汁に舌が濡れ、彼は嬉々《きき》として飲み込んでいった。

京之助は何やら修衛のように、比呂の弱みに付け込んで欲望を向けていることに気が咎めたが、彼女はうっとりと力を抜いて息を弾ませ、分泌を促すように自ら膨らみを揉みしだいていた。

「ああ、飲まないで、吐き出して下さいませ……」

比呂が喘ぎながら言うが、京之助は夢中で吸い出しては喉を潤した。

あらかた出尽くしたようで、膨らみの張りが心なしか和《やわ》らぐと、彼はもう片方の乳首に吸い付いていった。

「アア……」

比呂が顔を仰け反らせ、京之助の顔を抱きすくめたまま畳に仰向けになってしまった。

どうやら子が生まれてからは夫婦の情交も間遠くなり、まして茂助の死という衝撃に、すっかりご無沙汰《ぶさた》しているようだ。

それでも快楽を知った比呂の肌は欲求を溜め込み、乳首への刺激で一気に解き放たれようとしていた。

もちろん相手が京之助だから、彼の淫気が伝わり、諸々《もろもろ》の心配事も吹き飛んで快楽に専念できるのだろう。

京之助は生ぬるい乳汁を吸い出しては飲み込み、左右とも充分に味わった。

比呂も、すっかり張りの痛みは消え去ったようで、新たな感覚にクネクネと身悶えていた。

あまり吸いすぎて、赤ん坊の分がなくなるといけない。

もう漏れてくることもなさそうなので、京之助は乳首から離れ、乱れた着物と襦袢の間に顔を潜り込ませ、腋の下に鼻を埋め込んでいった。

生ぬるく湿った腋毛には、甘ったるい汗の匂いが籠もり、彼はうっとりと胸を満たして酔いしれた。

「アア……。どうか、最後までして下さいませ……」

比呂が仰向けのまま喘いで言い、さらに腰巻の紐《ひも》を解いて抜き取ると、着物と襦袢を完全に開いてしまった。

京之助もいったん身を離し、脇差と十手を置いて手早く着物を脱ぎ去ってしまった。

似たような状況だが、昼前は旗本の生娘で、昼過ぎの今は町家の新造である。

もちろん京之助の淫気は無尽蔵《むじんぞう》で、まして相手が変われば、その欲求は新鮮で絶大だった。

全裸になると彼は比呂に迫り、久美にしたように両足の爪先をしゃぶり、蒸れた匂いを味わいながら全ての指の股に舌を割り込ませていった。

「あうう、い、いけません……」

足指をしゃぶられるなど初めてらしく、比呂が声を上ずらせて呻いた。

京之助は味と匂いを貪り尽くすと、脚の内側を舐め上げていった。

無垢な久美より、脂が乗って肉づきが良く、内腿もムッチリと張りがあった。

そして熱気と湿り気の籠もる股間に迫っていくと、

「アア……」

比呂は熱く喘いで身を投げ出し、期待にヒクヒクと白い下腹を波打たせたのだった。

第三章　熟れ肌に魅《み》せられて

一

「ああ……、は、恥ずかしい。そんなに見ないで下さい……」

京之助が近々と陰戸《ほと》に迫ると、比呂は声を震わせて言った。

見ると、黒々と艶《つや》のある恥毛が丘に茂り、肉づきが良く丸みを帯びた割れ目からは濡れた陰唇がはみ出していた。

指で広げると、膣口からは乳汁《ちしる》のように白濁《はくだく》した淫水が溢《あふ》れている。

大人しげで清楚《せいそ》な顔立ちに似合わず、オサネは指先ほどもある大きなもので鈍い光沢を放ち、肛門も出産で息んだ名残《なごり》か枇杷《びわ》の先のように艶《なま》めかしく突き出た形をしていた。

堪《たま》らずに、京之助は比呂の股間に顔を埋《うず》め込んだ。

茂みに鼻を擦《こす》りつけて嗅《か》ぐと、蒸《む》れた汗とゆばりの匂いが馥郁《ふくいく》と胸に沁み込んできた。舌を挿《さ》し入れて膣口の襞を探り、大量のヌメリを掬《すく》ってオサネまで舐め上げていくと、

「アアッ……！」

比呂が激しく喘《あえ》ぎ、きつく内腿で彼の両頬を挟み付けた。

もちろん幸兵衛は若い後妻の陰戸を舐めることもあっただろうが、やはり十手《じって》持ちに舐められるのは比呂にとっても驚きだったのだろう。

京之助は味と匂いを貪《むさぼ》りながら、執拗《しつよう》に大きめのオサネを舐め回し、泉のようにトロトロと溢れる淫水をすすった。

さらに比呂の両脚を浮かせ、白く豊かな尻の谷間に迫った。

僅《わず》かに突き出た蕾《つぼみ》に鼻を埋め込んで蒸れた匂いを嗅ぎ、舌を這わせて濡らしてからヌルッと潜り込ませ、滑《なめ》らかな粘膜を味わった。

「あう、嘘……」

比呂が言い、思わずキュッと肛門で舌先を締め付けてきた。

嘘と言うからには、ここは幸兵衛に舐めてもらっていないのだろう。

京之助が舌を蠢《うごめ》かせると、鼻先の陰戸から新たな淫水が漏れてきた。

「も、もう駄目……。どうか、今度は私が……」

比呂が息も絶えだえになって言い、懸命に身を起こしてきた。

京之助も股間から這い出し、入れ替わりに全裸で仰向けになって張り切った一《いち》物《もつ》を突き出した。

比呂は、乱れてまとわりつく着物と襦袢《ジュバン》を完全に脱ぎ去り、開かせた彼の脚の間に腹這いになってきた。

そして屹立《きつりつ》した肉棒を間近にし、

「何て綺麗な色……」

幹に指を添え、張り詰めて光沢ある亀頭に迫っていった。

まあ年配の幸兵衛の一物よりも、張り艶は良いことだろう。

比呂は慈《いつく》しむように幹や亀頭を撫《な》で回してから、胸を突き出して豊かな乳房の間に肉棒を挟んで揉《も》んでくれた。

「ああ、気持ちいい……」

京之助は、肌の温もりと弾力に包まれて喘いだ。

比呂は挟んで揉みながら俯《うつむ》き、伸ばした舌で粘液の滲《にじ》む鈴口《すずぐち》を舐め回し、そのままスッポリと深く呑み込んでいった。

上気した頬をすぼめて吸い付き、熱い息を股間に籠もらせながら、念入りに舌をからめてきた。

数刻前には生娘《きむすめ》を貫いた肉棒が、生温かな新造《しんぞう》の唾液にまみれ、最大限に膨張してヒクヒクと震えた。

「どうか、跨《また》いで上から入れて下さい」

すっかり高まった京之助が言うと、比呂もスポンと口を離して顔を上げた。

「私が上から……？」

「ええ」

ためらう彼女に答え、京之助は手を握って引っ張った。

比呂も前進し、仰向けの彼の股間に跨がってきた。

その体勢になると、もうためらいなく幹に指を添え、先端に濡れた割れ目を押し当てた。

豊かな乳房を弾ませ、やがてゆっくり腰を沈めると、彼自身はヌルヌルッと滑らかに根元まで嵌《は》まり込んでいった。

「アアッ……、いい。奥まで当たる……」

比呂が顔を仰《の》け反《ぞ》らせて喘ぎ、ピッタリと股間を密着させた。

京之助も、温もりと潤《うるお》い、肉襞の摩擦に包まれて快感を嚙み締めた。子を産んでいても実に締まりは良く、若い肉棒を味わうように膣内がキュッキュッときつく締まった。

比呂は密着した股間を、しばしグリグリと擦りつけるように動かしていたが、彼が手を引くとゆっくり身を重ねてきた。

京之助は両手を回して抱き留め、膝を立てて豊満な尻を支えた。

見ると濃く色づいた乳首から、また乳汁が滲んでいた。

彼が潜り込んで乳首を摘《つま》むと、ポタポタと乳汁が滴《した》ってきた。

さらに乳腺から霧状になったものも顔中に降りかかり、甘ったるい匂いが立ち籠めた。

京之助は雫《しずく》を舌に受け、喉を潤しながらズンズンと股間を突き上げはじめた。

「ああ……。なんて、いい気持ち……」

比呂が喘ぎ、すぐにも自分も腰を遣《つか》いはじめた。

大量に溢れる淫水が互いの股間をビショビショにさせ、動きが滑らかになるとクチュクチュと湿った摩擦音が聞こえてきた。

彼は左右の乳首の雫を舐めてから、顔を引き寄せて唇を重ねた。

「ンンッ……」

舌を挿し入れると、比呂も熱く鼻を鳴らして吸い付き、ネットリとからみつけてきた。京之助は、美女の熱い息で鼻腔《びこう》を湿らせ、滴る唾液をすすって滑らかな舌を味わった。

「い、いきそう……」

比呂が口を離し、淫らに唾液の糸を引きながら口走った。確かに収縮が増し、淫水も粗相《そそう》したように溢れている。

「しゃぶって……」

京之助は比呂の顔を引き寄せて言い、喘ぐ口に鼻を押し込んだ。

肉桂臭《にっけいしゅう》の息が鼻腔を満たし、うっとりと胸に沁み込んでくると、比呂も舌を這わせて彼の鼻の穴を舐め回してくれた。

息と唾《つば》の匂いに酔いしれながら、肉襞の摩擦の中で絶頂を迫らせていくと、

「い、いっちゃう……。すごいわ、アアーッ……!」

先に比呂が声を上ずらせ、ガクガクと狂おしい痙攣《けいれん》を起こして気を遣《や》ってしまった。その収縮に巻き込まれながら、続いて京之助も激しく昇り詰めてしまったのだった。

「く……！」

突き上がる大きな絶頂の快感に呻《うめ》きながら、ありったけの熱い精汁をドクンドクンと勢いよくほとばしらせると、

「あう、感じる……！」

奥に噴出を受けた比呂が、駄目押しの快感に呻きながら締め付けてきた。

京之助は心ゆくまで快感を味わい、最後の一滴まで出し尽くしていった。

「ああ……」

満足しながら声を洩らし、彼が徐々に突き上げを弱めていくと、いつしか比呂もグッタリと力を抜き、遠慮なく彼に身体を預けてきた。

まだ膣内は名残惜しげな収縮が繰り返され、その刺激に中で一物がヒクヒクと過敏に跳ね上がった。

「アア、もう堪忍《かんにん》……」

比呂が精根尽き果てたように言い、幹の震えを抑えるようにキュッときつく締め上げてきた。

京之助は比呂の重みと温もりを受け止め、熱く湿り気ある肉桂臭の吐息を嗅ぎながら、うっとりと余韻に浸り込んだ。

「何だか、不思議な気持ちです。何もかも心配事がなくなったような……」

比呂が言う。

京之助が気を込めて射精したので、誤って茂助を刺してしまったことも、修衛に付きまとわれていることも霧散したようだった。

だいいち、茂助にとどめを刺したのは修衛なのである。

「ああ、田所様のことは私が何とかするので、安心して暮らして下さい」

「有難うございます。それから一つお願いが……」

京之助が言うと、比呂が答えて言い淀《よど》んだ。

「分かってます。たまに訪ねるので、またしましょう」

「アア、嬉《うれ》しい……」

言うと比呂が声を洩らし、上から激しく唇を重ねてきた。

舌をからめて互いの唾液をすすり合うと、ようやく比呂が身を起こした。さすがに、そろそろ戻らないといけないと思ったのだろう。

袂《たもと》から懐紙《かいし》を出して拭《ぬぐ》ったが、あまり濡れていないのを不思議がることもせず比呂は身繕《みづくろ》いをした。京之助も起き上がり、手早く着物を着ると、脇差と十手を腰に帯びた。

やがて彼が大刀を持って離れを出ると、比呂も彼に辞儀をして母屋《おもや》へと戻っていった。

京之助は大刀を帯び、但馬屋を出ると見回りをした。

今は大きな盗みや殺しなどはなく、あの一件以来、旗本の次男三男の横暴も影を潜めているようだ。

修衛に行き合うこともなく、やがて日が傾くと、彼は同心長屋へと戻った。

すると、そこに包みを持った志摩が立っていたのである。

二

「これは志摩様、どうぞ中へ」

京之助は驚いて言い、戸を開けて志摩を中に招き入れた。急いで行燈《あんどん》を点《つ》けると志摩も上がり込んで座った。

「お一人では大変でしょうからと、お嬢様に言いつかって参りました」

志摩は包みを開け、押し寿司を差し出しながら部屋の中を見回した。

二間あり、万年床だが布団はきっちり揃えられ、散らかってはいない。

というより、ものが少ないのである。

奥の仏壇には二親の位牌《いはい》が並び、土間には水瓶《みずがめ》と七輪《しちりん》、あとは箱膳と鍋釜、米櫃《こめびつ》に僅かな味噌《みそ》醤油の壺ぐらいのものだ。

京之助も、大小と十手を刀架に掛けてから座った。

「お嬢様がお奉行に、同心に嫁《とつ》ぐと言い張っております。さ、どうぞ、召し上がりながら」

「頂戴します」

志摩が言うので、京之助も恐縮しながら手を伸ばして押し寿司を口にした。

志摩は四十前後、夫は数年前に病死した後家で、久美と同い年の娘がいるらしい。久美の生母は彼女を産んですぐ死んでいるので、娘たちは志摩の同じ乳で育ったようだ。

「ああ、これは旨《うま》いです。しかしお奉行も困っておられることでしょう」

「ええ、それで京之助様のお考えを伺いたいと思い、こうして罷《まか》り越しました」

「私は今朝、お奉行に申し上げた通り、どこへも養子に入る気はなく、同心を辞めるつもりもありません」

京之助がきっぱりと言うと、志摩は小さく嘆息した。

「ええ、そのお考えが確固としたものならば、お嬢様が諦《あきら》めるだけです」

志摩が言う。それは当然のことであるが、志摩は彼が久美と交わったことは知らないのだ。

「今日、思いのほか買い物が長引いてしまいましたが、その間、お二人で何かありましたか」

気になっていたように、志摩が訊《き》いてきた。

「はあ、お水を所望されましたが、口移しを望まれ、致し方なく。ただそれだけです。あとはずっとお話ししておりました」

京之助がそれだけ言うと、志摩も納得したように頷《うなず》いた。

実際、情事の痕跡などは微塵《みじん》もなかったはずだし、久美も上手《うま》く取り繕ったことだろう。

「左様ですか。でも唇を重ねただけでも、お嬢様は舞い上がるはずです。以前より、お嬢様はたいそう淫気の強いたちで、毎夜のように自分でいじっておりました。それが強くて見目の良いそなたに会ったものだから、一気に思いが向いてしまったのでしょう」

志摩が言い、大切な話があるというふうに間を置いてから口を開いた。

「私の考えですが、京之助様にはお嬢様の淫気を鎮《しず》めてもらいたいと思います」

「え……」

彼は驚いて思わず聞き返した。

「お嬢様は恋心より、有り余る淫気を持て余しているだけなのでしょう。それを解消し、一方で旗本同士の縁談を進めます。淫気をぶつけ合う相手と、所帯を持つ相手は異なります。お分かりでしょうか」

「はあ……、要するに久美様が嫁がれるまで、身体の方のお相手をすれば良いということですか」

「左様です。事と次第によっては嫁がれたあともお嬢様が望むならば今後とも」

「もし孕《はら》まれたら」

「だからこそ、縁談を急いでいるのです」

「ううん……」

京之助は、あまりのことに唸《うな》るばかりだったが、その間に押し寿司は空になっていた。

元より茶などなくても、唾液で口中は常時浄化されている。

それにしても旗本も、泰平の世が続くと娘の我儘《わがまま》に振り回されるようになるのだろう。

　とにかく久美を満足させるためだけに京之助が密通し、たとえ彼の子を孕んでも平然と夫の子として育てるつもりらしい。

　志摩の年齢ともなれば、恋心などいずれ醒めると思うようだ。恋《こ》う相手と快楽を分かち合っても、やがて気が済んで親の言う家に嫁ぎ、なお心が残っていれば京之助が抱く。

　彼にとっては願ってもない話である。

「いかがでしょうか」

「はあ、概《おおむ》ね承知致しましたが、このこと、お奉行はご存じなのですか」

「むろん私だけの考えです。お奉行様にもお嬢様にも言っておりません。ですから京之助様、お嬢様と情交するたび、旗本同士での婚儀を奨《すす》めて下さいませ」

「それで、承知してくれますかねえ……。情交を重ねれば、飽きるよりもかえって思いが募《つの》ってしまうのでは」

　京之助は言ったものの、自分の力があれば造作もないことなのだ。

「だから、いつでも肌を重ねられると納得して頂くのです。それさえしないと、本当に気鬱《きうつ》になってしまいそうですから。それでもお嬢様は、心の中では身分や家柄のことは充分ご承知のはずです」

志摩が言う。確かに、今は久美も同心に嫁ぐなどという夢に自分で酔いしれているだけで、それなりの満足が得られれば、いずれ志摩の思惑通りになるのではないか。

そして魔界の力があれば、全て丸く納まるのである。

「分かりました。私は志摩様の言う通りに致します」

「分かっていただけて嬉《うれ》しいです。これは些少《さしょう》ですが」

京之助が言うと、志摩はようやく笑みを洩らして答え、袂から小判の包みを差し出してきた。

これは協力の礼と、口止め料だろう。

幸兵衛が修衛に渡したと同じ二十五両らしい。

「いいえ、それは頂けません。私も良い思いをするのだし、決して誰にも言うことはありませんので」

「どうかお受け取り下さい」

志摩が懇願《こんがん》するように頭を下げる。

奉行にも久美にも内緒なのだから、これは志摩の自前であろう。

「本当に頂けません。その代わりお願いが」

京之助が言うと、志摩が顔を上げて小首を傾《かし》げた。

「何でしょう」

「私はまだ女を知りません。戸惑うこともあるだろうし、久美様に無礼があってはいけないので、志摩様が教えて下さいませんか」

彼が無垢《むく》を装って言うと、志摩が目を丸くして僅かに身じろいだ。

「そ、それは……」

「志摩様も、私の体を吟味《ぎんみ》して、上手く久美様と情交出来るかどうか確かめて頂きたいのです」

「確かに、それは肝心なことですが……」

志摩はためらったようだが、恐らく熟れ肌に秘められた淫気に火が点いたのだろう。

もちろん、それは京之助が気を込めて対峙《たいじ》しているからであるが、彼女自身の欲求も少なくないようだった。

「どうか、お教え頂くお礼として、これは納めて下さいませ」

京之助が金の包みを押しやり、頭を下げて言うと、ようやく志摩も決意したようだった。

「承知しました。斯様《かよう》な大年増《おおどしま》ですが、それで京之助様が願いをきいてくれ、ひいてはお嬢様のためになるのでしたら」

志摩は重々しく言って金を袂に戻し、チラと万年床に目を遣った。

「では、全て脱いでそこへ横に」

「はい、志摩様もお脱ぎに」

「むろんです」

言うと彼女は立ち上がり、懐剣を置いてから手早く帯を解きはじめていった。

京之助も帯を解き、着物と襦袢を脱ぐと、下帯《したおび》を解いて全裸になり、激しく勃起しながら布団に横になっていった。

志摩も、シュルシュルと衣擦《きぬず》れの音をさせながら脱いでゆくと、内に籠もっていた熱気が甘ったるい匂いを含んで部屋に立ち籠めた。

これで、今日は三人目と交わることになるのだ。

朝は旗本の生娘、昼過ぎは町人の新造、そして宵《よい》は武家の後家である。

もちろん疲れも衰えもなく、京之助は母親ほども年上の女を前に激しい興奮に包まれていた。

やがて一糸《いっし》まとわぬ姿になった志摩が、彼ににじり寄ってきた。

自分で大年増と言ったが、白い熟れ肌は張りと艶があり、着痩せするたちなのか乳房と尻は豊満な丸みを持っていた。

志摩は彼の肢体を見下ろし、そっと手を伸ばして頬から首筋、胸から腹を撫で回してきた。

京之助は柔らかな手のひらに愛撫され、勃起した幹を小刻みに震わせた。

三

「さして屈強にも見えませぬが、やわらも十手術も、力ではなく技なのですね。それにしても、すごい張りよう……」

志摩が京之助の肌を撫でて言いながら、屹立した肉棒に目を留めた。

その眼差《まなざ》しは、好奇心と興奮でキラキラと光り、微《かす》かに呼吸も熱く弾みはじめていた。

「自分では手すさびを、どれぐらい？」

「日に二回か三回です」

「まあ、そんなに……」

志摩は驚いて声を洩らしながら、そっと幹を手のひらに包み込んでニギニギと動かし、ふぐりに触れ、袋をつまみ上げて肛門の方まで覗《のぞ》き込んできた。

「確かに、どこも悪いところはなさそうですね」

「ええ、これでも頑丈で、病気一つなく過ごしてきました。それより、女の身体を見てみたいのですが」

「ええ、承知しました……」

志摩は覚悟を決め、彼が身を起こすと布団に仰向けになってきた。

京之助は熟れた肢体を見下ろし、息づく乳房にそっと手のひらを這わせた。

優しく揉み、乳首をいじると、それはコリコリと硬くなっていった。

「そう、優しく、壊れ物でも扱うようにそっといじるのです……」

志摩が囁《ささや》くように小さく言うと、彼は屈《かが》み込んでチュッと乳首に吸い付いていった。

舌で転がすと、志摩はウッと息を詰めて硬直し、懸命に声が洩れるのを堪《こら》えているようだった。

左右の乳首を順々に含んで舐め回してから、京之助は志摩の腕を差し上げ、腋《わき》の下に鼻を埋め、色っぽい腋毛に籠もる匂いを貪った。

朝湯に浸かった比呂と違い、志摩の腋の下には濃厚に甘ったるい汗の匂いが籠もり、彼は噎《む》せ返る思いで味わいながら胸を満たした。

「も、もうよろしいでしょう。入れて下さいませ……」

志摩が息を弾ませて言い、彼は顔を上げた。武士というのは、少しいじっただけで挿入するものなのだろうか。

「どのような場所に入れるものか、見ておきたいのですが」

「そのようなところ、見るものではありません。見当を付けて先っぽで突けば、すぐに入りますので」

志摩は言い、すでに充分に濡れているようだった。

「いいえ、後学のため是非にも拝見」

京之助は言い、志摩の両脚を開いて腹這い、股間に顔を進めていった。

「アア……」

志摩が喘ぎ、懸命に腰をよじって避けようとしたが、元より魔界の力に抗《あらが》えるはずもない。そして志摩の、武家としての慎《つつし》みも、快楽ですぐにも吹き飛んでしまうことだろう。

京之助は、白くムッチリした内腿に顔を挟まれながら陰戸に迫った。

見ると恥毛は程よい範囲に茂り、割れ目からはみ出す陰唇がしっとりと潤っていた。

指で陰唇を左右に広げると、男ひでりの年月があったようだが、濡れた膣口は妖《あや》しく息づき、小豆《あずき》大のオサネも綺麗な光沢を放ち、愛撫を待つようにツンと突き立っていた。

「ああ……。さあ、もうよろしいでしょう。入れる穴が分かれば、それで良いのです……」

京之助の熱い視線と息を股間に感じ、志摩はヒクヒクと下腹を波打たせながら喘いだ。

もちろん見るだけで気が済むはずもない。彼は吸い寄せられるように顔を進め込み、柔らかな茂みに鼻を埋め、蒸れた汗とゆばりの匂いで胸を満たした。

そして舌を挿し入れ、クチュクチュと膣口を舐め、ゆっくりとオサネまで舐め上げていった。

「ヒッ……！　な、何ということを……」

志摩は息を呑み、彼の耳が聞こえなくなるほど激しく内腿で顔を挟み付け、クネクネと腰をよじりながら言った。

もしかしたら、本当に武士というのは妻の股座《またぐら》に顔を突っ込まないのかも知れない。

だとしたら、京之助は旗本などではなく、同心の家に生まれてきて本当に良かったと思ったのだった。

それでも羞恥と闘いながら、志摩が激しく感じていることも分かった。

オサネを舐め回すたび、淫水の量が格段に増して、身悶《みもだ》え方も狂おしくなってきたのだ。

執拗にオサネを舌先で弾き、吸い付き、指も膣口に挿し入れると、

「ア……、アアーッ……！」

志摩が身を弓なりに反らせて絶叫し、気を遣ってガクガクと激しく腰を跳ね上げはじめたのだ。

もちろんいくら声を上げても、魔界の力で隣に聞こえるようなことはない。

やがて激しすぎる快感に志摩がグッタリとなると、京之助はいったん股間から離れた。

すると志摩は息も絶えだえになりながらノロノロと横向きになり、陰戸を守る

ように身を丸めてしまった。

京之助は、縮こまった彼女の足指に鼻を埋め、蒸れた匂いを嗅いでから爪先をしゃぶり、両足とも全ての指の股に舌を割り込ませ、汗と脂《あぶら》の湿り気を貪ってしまった。

「ク……」

違和感に志摩が小さく呻き、微かにピクンと反応した。

そして彼は、横向きで突き出された尻に迫り、指でムッチリと谷間を広げると可憐《かれん》な桃色の蕾に鼻を埋め込んで嗅いだ。

秘めやかに蒸れた匂いで鼻腔を満たしてから、チロチロと舌を這わせて襞を濡らし、ヌルッと潜り込ませて甘苦い粘膜を探った。

「あう……、いったい何を……」

志摩が呻き、キュッと肛門できつく彼の舌先を締め付けて言った。

舌を出し入れさせるように蠢かせていると、

「アア……、駄目です。そのようなこと……」

徐々に我に返ってきたか、志摩が言い、懸命に彼の顔を突き放して身を起こしてきた。

「なぜ不浄《ふじょう》な穴を舐めたりするのですか！」

志摩はきつい目で、下々《しもじも》のものを叱《しか》るように言った。

「美しい女の方に不浄の場所などありませんよ。それに実際、気持ち良かったと思います」

京之助が言うと、確かに快感を覚えていたらしく志摩が黙った。

「では、入れる前に志摩様も、どうか私のものをしゃぶって唾で濡らして下さいませ」

彼は言って仰向けになり、屹立した幹を震わせながら股を開いた。

「ゆ、ゆばりを放つ場所を舐めるなど……」

志摩は、口では言いながらも、身体の方は操《あやつ》られるように顔を寄せてきた。

「先にここを舐めて下さい」

京之助は言い、自ら両脚を浮かせると、両手で尻の谷間を広げて肛門を突き出した。

「こ、このようなこと……」

志摩は言ったものの、自然に顔を迫らせて舌を出し、チロチロと肛門を舐め回しはじめてくれた。

「ああ、気持ちいい。中も……」

京之助が浮かせた脚を震わせて言うと、志摩も操られるようにヌルッと舌を潜り込ませてくれた。

中でチロチロと舌が蠢くと、彼は味わうようにモグモグと肛門で美女の舌先を締め付けた。

やがて彼が脚を下ろすと、もういちいち言わなくても思惑通りに、志摩がふぐりにしゃぶり付いて舌を這わせた。

熱い息を股間に籠もらせながら二つの睾丸《こうがん》を舌で転がし、せがむように幹を上下させると、心得た志摩も前進し、滑らかな舌で肉棒の裏側をゆっくりと舐め上げてきた。

先端まで来ると、志摩は厭《いと》わず粘液の滲んだ鈴口を舐め回し、張り詰めた亀頭を含み、モグモグとたぐるように喉の奥まで呑み込んでいった。

「ああ……」

京之助は快感に喘ぎ、美女の口の中で幹を震わせた。

志摩もいつしか夢中になって貪り、念入りに舌を這わせては、吸い付きながらスポンと口を離した。

「ま、跨いで入れて下さいませ……」

「女が上など……」

すっかり高まって言うと、志摩がまたためらいがちに答えた。

「久美様の方が格上なのだから、私は下の方が良いです。それに久美様が上の方が、痛ければ止《や》められるし、自在に動けるでしょう」

「なるほど、一理あります」

志摩は頷き、やがて仰向けの彼の股間に跨がってきた。

もちろん茶臼《ちゃうす》（女上位）など初めてのことらしく、ぎこちなく先端に陰戸を当て、息を詰めてゆっくり腰を沈み込ませてきたのだった。

四

「アアッ……。い、いい……」

ヌルヌルッと滑らかに根元まで陰戸に納めると、志摩は完全に座り込み、顔を仰け反らせて喘いだ。

京之助も肉襞の摩擦と温もりに包まれ、股間に美女の重みを感じながら両手を伸ばして抱き寄せた。

志摩も素直に身を重ね、彼の胸にムニュッと乳房を押しつけてきた。

京之助は膝を立てて尻を支え、両手でしがみついて唇を重ねた。

ピッタリと唇同士が密着し、志摩の熱い鼻息が彼の鼻腔を心地よく湿らせた。

舌を挿し入れると、彼女もチュッと吸い付いてからネットリとからみつけ、下向きのため京之助の口に生温かな唾液が注がれてきた。

彼はうっとりと味わい、喉を潤しながら徐々にズンズンと股間を突き上げはじめた。

「アア……」

志摩が口を離し、熱く喘いだ。

開いた口の中で艶めかしく唾液の糸が上下に引き、白粉《おしろい》に似た甘い上品な刺激の吐息が悩ましく彼の鼻腔を掻き回してきた。

快感に任せて突き上げを強めていくと、志摩も合わせて腰を遣い、大量のヌメリが互いの律動を滑らかにさせた。

ピチャクチャと淫らに湿った音も聞こえてきて、

「アア、恥ずかしい……」

その摩擦音に志摩が激しく反応して言い、収縮を強めていった。

京之助は摩擦で絶頂を迫らせながら、志摩の顔を抱き寄せ、かぐわしい息の洩れる口に鼻を押し込んで胸を満たした。すると彼女も舌を這わせ、次第にヒクヒクと小刻みな収縮を開始したのだ。

たちまち京之助は、美女の唾液と吐息の匂いに昇り詰めてしまった。

「く……！」

大きな絶頂の快感に呻き、ありったけの熱い精汁をドクンドクンと勢いよくほとばしらせると、

「い、いく……。アアーッ……！」

志摩が声を上げ、ガクガクと狂おしく痙攣し、激しく気を遣ってしまった。

さっきはオサネを舐められて果てたが、やはり一つになって摩擦される快感は絶大なのだろう。

京之助は快楽を貪り尽くし、心置きなく最後の一滴まで出し切って満足した。

徐々に突き上げを弱めていくと、

「ああ……、こんなに良かったのは初めて……」

志摩も満足げに声を洩らし、熟れ肌の強《こわ》ばりを解いてグッタリともたれかかっ

てきた。

まだ膣内は余りのヌメリを吸い取るようにキュッキュッと貪欲《どんよく》に締まり、中で彼自身がヒクヒクと過敏に震えた。

そして京之助は志摩の重みと温もりを受け止め、白粉臭の吐息を胸いっぱいに嗅ぎながら、うっとりと快感の余韻に浸り込んでいったのだった。

「重いでしょう。でもしばらく動けません……」

志摩が、彼の耳元で熱い息を弾ませて囁いた。

それでも満足げに萎《な》えかけた一物が、締め付けと潤いで徐々に押し出され、
志摩は名残惜しげに言ったが、やがて彼自身はツルッと抜け落ちてしまった。

「ああ……、抜けてしまう……」

「ああ……」

志摩が声を洩らし、仕方なく上から降りて彼に添い寝してきた。

「初めてとのことですが、これほど上手《じょうず》とは思いませんでした……」

「久美様も、きっと悦《よろこ》んでくれると思いますが」

彼は呼吸を整えながら答えた。

「足やお尻などを舐めるのですか……」

志摩は自分がされたことを思い出したか、ビクリと熟れ肌を震わせて言った。

「いけませんか」

「いえ……。お嬢様が望めば、その限りではありませんが……」

久美の多情多淫の性を知っている志摩は言ったが、やはり懸念があるようだ。

「その、あまりに悦びを知りすぎてしまうと……」

「ええ、旗本との婚儀に差し支えるのが心配なのですね」

京之助は、志摩の気持ちを酌《く》んで答えた。

旗本同士なら、それほど濃厚な愛撫などせず、志摩が体験してきたように、少しいじって挿入するだけの淡泊なものだろう。

「どうやら、お嬢様が婚儀を済ませてからも、そなたの出番はなくならないようですね……」

志摩は言い、寝返りを打って脱いだ着物から懐紙を出し、自ら陰戸を拭いた。

全て吸収したので、あまり濡れていないだろうが、やはり志麻は気づかずに身を起こし、彼も一物を拭ったふりだけをした。

「送っていきましょう」

互いに身繕いを終えると、京之助は言った。暗いので、女一人を帰すわけにいかない。

彼は十手と大刀を帯びると、志摩と一緒に同心長屋を出た。

そして路地を抜けて武家屋敷の方へと歩いて行く。

久美も、今宵は隠居宅ではなく屋敷にいるようだ。

「明日の昼過ぎ、隠居宅に来られますか」

夜で人通りもないので、並んで歩きながら志摩が言う。

「ええ、大丈夫です。では昼餉《ひるげ》を終えたら出向きましょう」

「お願いします」

志摩も安心したように頷いた。

彼女は屋敷から、久美と一緒に買い物にでも行くふうを装って、隠居宅へと行くのだろう。

やがて商家の並びを抜け、二人は武家屋敷街の入口に差し掛かった。

「つけられていますね」

歩きながら、京之助は志摩に囁いた。

「まあ！　そういえば確かにそのようですが、大丈夫ですか」

「ええ、私がいれば何事もありませんので」

「なんと逞《たくま》しい……」

京之助の言葉に、志摩が安心して答えた。

と、背後から足音が迫り、二人は同時に振り返った。

見れば、黒い着物に袴《はかま》、頭巾《ずきん》を被った大男ではないか。宗十郎《そうじゅうろう》頭巾で鼻と口も覆《おお》い、目だけ覗いている。わざわざ紋所のない着物を着てきたようだが、京之助にはすぐに誰だか分かってしまった。

「今日は、二人の腰巾着《こしぎんちゃく》はいないのですね」

「なに！」

京之助が言うと、男はすぐにも抜き打ちしようと柄《つか》に手をかけたが、それより遥かに速く、京之助が抜刀して頭巾を縦に裂いていた。

「む……！」

鼻と口も露《あら》わになり、男は怯《ひる》んだが、すでに京之助の刀は音もなく鞘《さや》に納まっていた。

するとと志摩が口を開いた。

「あの時の顔ですね。普請《ふしん》奉行、堀田和泉守様の三男、確か伊三郎《いさぶろう》殿」

すでに調べていたらしい志摩が凛然《りんぜん》と言い放つと、男、伊三郎はさらに怯んだが、正体を知られたからには、と抜刀してきた。

勢いよく間合いを詰めて斬《き》りかかってきたが、京之助は難なく十手を抜いて、ガキッと鈎《かぎ》に受け止めていた。

「新しい刀を揃えたようですが、また折りますよ」

「こ、小癪《こしやく》な……！」

京之助が言い、伊三郎が憤怒《ふんぬ》に顔を歪めて力を込めると、またもや彼の刀身は中程でパキンと折れてしまったのだ。

「お、おのれ……」

伊三郎は半分になった刀だけ持って後退したが、京之助は舞い飛んだ刀身を手で摑《つか》んで投げつけた。すると、それは狙い過《あやま》たず、伊三郎の鞘にストンと入り込んだではないか。

「く……」

「奉行所に折れた刀ばかり集まっても仕方ないです。持って帰って下さい」

京之助が十手を帯に差して言うと、伊三郎は踵《きびす》を返し、そのまま一目散に逃げていってしまった。

「お、お見事……。惚《ほ》れ惚《ぼ》れ致します……」

伊三郎の姿が見えなくなると、志摩が熱っぽい眼差しを向けて言った。

「どうやら私を付け狙っているようですね。困った人だ」

「お奉行様に言いましょうか」

再び歩きながら京之助が言うと、志摩が答えた。普請奉行より、町奉行の方が格上である。

「それには及びません。闇討ちにやられはしませんので」

彼が答えると、また志摩は感心したように嘆息した。

そして京之助は、志摩を無事に岩瀬家の屋敷まで送り届けると、では明日、と言って同心長屋へと引き返したのだった。

五

翌日、昼前の見回りの途中で、京之助は薬種問屋からフラリと出てきた修衛を見かけた。

あるいは、トリカブトでもせしめたのか、と京之助は直感した。

猛毒だが、少量なら他の薬湯に混ぜ、滋養強壮の薬として薬種問屋はトリカブトを扱っている。

もちろん修衛は金など払わず、ご禁制の品はないのかとか何とか、いちゃもんを付けて手に入れたのだろう。理由は、ネズミ退治にでも使うと言ったのかも知れない。

声を掛けようかと思ったが、そのとき修衛は、一人の武士と行き合い、何か話しながら一緒に歩いて行ったではないか。その武士は、紛《まぎ》れもない堀田伊三郎だった。

(あの二人が知り合い……?)

京之助は思い、声を掛けずにそっとあとをつけていった。

歩くたび、伊三郎の刀がカタカタと微かな音を立てているので、どうやら折れた刀身を鞘に入れ、その上から半分ばかりの刀を納めているようだ。

そう何度も、父親に刀をねだるわけにもいかないのだろう。

二人は居酒屋に入り、昼前から酒を頼んでいた。

修衛は但馬屋のおかげで懐《ふところ》は温かいし、伊三郎も父親の七光で、それなりに財布は潤っているのだろう。

京之助は窓の方へ周り、そっと聞き耳を立てた。元より五感が研《と》ぎ澄まされているので、二人の話は難なく聞き取ることが出来る。

「田所。あの新入りの同心、名は何というのだ」

伊三郎が、年上の修衛を呼び捨てにして訊いた。

「瓜生京之助、生意気で、いけ好かない奴です」

修衛も、年下だが普請奉行の三男坊に敬語を使っていた。今後のため、何かと立てておいた方が得だと踏んでいるのだろう。

「何とか、懲《こ》らしめられぬか」

「はあ、ただ武士の抜き打ちを十手で受け、へし折ったというので見かけによらず遣うのかも知れません」

修衛の言葉に、伊三郎は息を呑んでいた。

その武士が伊三郎で、今もまた二振り目の刀が折れていることに、修衛は気づいていないようだ。

修衛は心付けをせがみながら見回り、伊三郎は肩で風切って闊歩《かっぽ》しているうち二人は出会い、何となく心の歪んだ者同士、ウマが合って付き合うようになったようだった。

伊三郎にしても、役人を懐柔《かいじゅう》しておくのは何かと好都合なのだろう。

「闇討ちより、毒を盛る方が簡単かも知れませんな」

修衛が言い、懐を叩いて酒をあおった。そこにトリカブトがあるのだろう。

「毒など、手に入るのか」

「そのへんは抜かりありません。もっとも全部使うわけにもいかないが、他に使い道もあるので」

修衛は肴《さかな》をつまんで言う。

もちろん但馬屋幸兵衛を亡き者にし、身代を乗っ取り、比呂を手に入れることまでは伊三郎には打ち明けていないようだ。

やがて二人は一本の銚子だけ飲み干すと、意外なほどあっさりと席を立ち、割り勘で支払って居酒屋を出たのだった。やはり本格的に飲むのは宵の口からなのだろう。

京之助が物陰から見ていると、二人は辻で別れ、修衛は奉行所の方へと向かったのだった。

京之助も遠回りをし、やがて南町奉行所へと戻った。

中庭では、同心たちが袋竹刀《ふくろしない》で剣術の稽古《けいこ》をしていた。袋竹刀とは、革や布に竹のササラを詰めて怪我なく打ち合う稽古用の得物《えもの》だが、それでもまともに食らうとかなり痛い。

縁側からは、奉行の矢十郎も見ているではないか。

「瓜生、来い。相手をしてやる！」

一足先に戻っていた修衛が言い、大刀を置いて袋竹刀を手にした。

「お願いします」

京之助も答え、大刀を鞘ぐるみ抜いて置き、短めの袋竹刀を持った。

「そんな短いもので良いのか」

「はい、十手に近い長さの方が扱いやすいです」

「ふん、かかってこい」

修衛は、長い得物を手にして言うと、京之助は一礼してから対峙した。

短い袋竹刀を右手に持って前に突き出し、左手は腰に当て、半身に構えた。

その彼の落ち着きぶりに、周りの同心たちも手を休めて目を向け、矢十郎も興味深げに見守っている。

修衛は、同心仲間の中でも、相当に剣を遣うと言われている。

青眼《せいがん》に構えて京之助に間合いを詰めてきたが、修衛の表情には驕《おご》りがある。

京之助の腕は未知で懸念もあるだろうが、半分ほどしかない短い得物なら難なく勝てると思っているようだ。

「エイ!」

修衛は気合いを発し、勢いよく面に打ち込んできた。奉行や皆の前で、一撃で昏倒《こんとう》させて恥をかかせようとしているのだろう。

しかし京之助は軽く右に弾き、修衛の右籠手《みぎこて》を打っていた。

「痛……! おのれ……!」

修衛は呻き、さすがに得物は落とさなかったが、そのまま激しい諸手突《もろてづ》きを繰り出してきた。だが再び、修衛の切っ先が京之助の喉に炸裂《さくれつ》する寸前、また得物が弾かれ、同じ部分の籠手を打っていたのである。

「く……!」

今度はガラリと得物を取り落とし、修衛は呻きながら勢いよく組み付いてきたのだ。

京之助が体《たい》をさばき、密着して腰を捻《ひね》ると、修衛はものの見事に宙を舞い、一回転して庭に叩きつけられた。

「ぐむ……!」

肩から落ちた修衛が呻き、しばし起き上がれないでいると、見ていた周囲からオオと感嘆の声が洩れてきた。

やっとの思いで、顔を歪めた修衛が立ち上がると、京之助は一礼して得物を戻し、大刀を腰に帯びた。

「瓜生」

と、矢十郎が縁側から手招きしたので、京之助は駆け寄って庭に膝を突いた。

「見事だ。お前が旗本だったら申し分ないのにな……」

矢十郎は残念そうに言い、彼に頷きかけて奥へ下がっていった。

それを見送り、京之助が立ち上がって振り返ると、すでに修衛の姿は見えなかった。

いったん同心部屋へ入ると、何と修衛が茶を淹《い》れているではないか。

「参った。俺の負けだ」

修衛は、悔《くや》しさと愛想笑いの混じったような微妙な表情で言い、京之助の前に湯飲みを置いた。

京之助も頭を下げ、湯飲みを手にして一口すすった。それを、修衛がじっと見つめている。

「トリカブトの香りがしますね」

「何だと！」

言うと、修衛は眉を吊り上げて詰めかかった。

「俺の淹れた茶に毒だと！」

「飲んでみますか。もっとも、ここで私が死んだら、真っ先に田所様が疑われますよ。近くの薬種問屋を回って聞き込めば、トリカブトを渡した店はすぐに分かりますので」

「そんなに多くは……」

言いかけ、修衛は思わず口をつぐんだ。それは京之助の力により、操って口走らせたのである。

「そうですか、少しずつ入れて弱らせようとしたのですか。もっとも、この量なら体に良いことでしょう」

京之助は言い、全て茶を飲み干してしまった。

「く……！」

修衛は唇を噛み、そのまま出て行ってしまった。

京之助も少し休憩して湯飲みを念入りに洗い、やがて昼になったので奉行所を出た。

蕎麦屋《そばや》で昼餉を済ませ、そのまま約束通り久美の待つ隠居宅へと行った。

「まあ、ようこそ。お嬢様がお待ちです。私は半刻（約一時間）ばかり買い物に出かけますので」

志摩が出迎えて言うと、入れ替わりにすぐ出てゆき、京之助も大刀を右手に上がり込んだ。

そして期待と興奮に胸を高鳴らせて奥の座敷に入ると、前と同じように久美が準備よろしく寝巻姿で迎えたが、髪は島田《しまだ》に結ったままであった。

第四章　覚えはじめた蜜の味

一

「アア、京之助、早く脱いで。お志摩が戻るまで半刻しかないわ」

久美が言い、急《せ》くように帯を解いて寝巻を脱ぎ去った。

もっとも志摩は承知しているから、まだ途中だと思えば外で待っていることだろう。

京之助も大小と十手《じって》を隅に置き、手早く着物を脱いでいった。

「あまりお父上を困らせませんように」

「まあ、私が同心に嫁《とつ》ぐことと？」

「ええ、それは思い直して下さいね。いつでも私は会いに参りますので」

「私が夫を持ってからも？」

「そうです。こっそり来ますからね。それに万一私と夫婦《めおと》になったら、あまり私にあれこれ指図できないでしょう。今の久美様と私の関係の方が、何でも私を思い通りに出来ますからね」

「確かに、夫婦になれば京之助などと呼べないし、私が夫を軽く見ているようで外聞が悪いですね」

京之助の力もあり、久美も徐々に同心に嫁ぐより、旗本同士で一緒になり、たまに京之助と会う方が楽しいと思いはじめたようだ。

やがて二人とも全裸になると、

「今日は、どのようなことをしてくれるの」

久美が好奇心いっぱいに目をキラキラさせて言った。

「では、このように」

京之助は勃起しながら答え、久美の匂いの沁み付いた布団に仰向けになった。

「ここに座って下さい」

下腹を指して言うと、久美も恐る恐る彼に跨《また》がり、そっと腰を下ろしてきた。

「確かにこのようなこと、夫には出来ませんものね」

久美は悪戯《いたずら》っぽく言い、ほんのり濡れはじめた陰戸《ほと》を密着させた。

「では、両足を私の顔に乗せて下さいませ」

京之助は、立てた膝に久美を寄りかからせ、両足首を摑《つか》んで顔に引き寄せた。

「あん……」

久美は声を洩らし、両足の裏を彼の顔に乗せた。そして居心地悪そうに腰をよじるたび、割れ目が下腹に擦《こす》りつけられた。

京之助は久美の全ての目方を受け止め、重みと温もりに陶然《とうぜん》となった。

そして勃起した幹でトントンと彼女の腰を叩き、足裏に舌を這わせはじめたのである。

そう、夫には決して出来ないことばかり久美にさせ、自分らは夫婦とは別物なのだと分かってもらいたいのだった。そうしたことほど、京之助がしてみたいことなのである。

久美の指の間に鼻を押しつけて嗅《か》ぐと、今日も蒸《む》れた汗と脂《あぶら》の湿り気があり、彼は嬉々《きき》として匂いを貪《むさぼ》り、爪先にしゃぶり付いて両足とも、順々に全ての指の股を舐め回した。

「アア……、くすぐったいわ……」

久美は喘《あえ》ぎながら、密着した陰戸の潤《うるお》いを増していった。

やがて両足とも味と匂いを堪能すると、

「どうか、顔に跨がって下さい」

京之助は彼女の両手を握って引っ張った。

久美も彼の顔の左右に両足を置き、前進して厠《かわや》に入った格好でしゃがみ込み、股間を彼の鼻先に迫らせてきた。

白い内腿がムッチリと張り詰め、ぷっくりした割れ目が熱気と湿り気を漂わせていた。

指で花びらを広げると、快楽を覚えたばかりの膣口がヒクヒクと息づき、新たな蜜汁を溢《あふ》れさせていた。

しかし彼は潜り込み、先に尻の谷間に鼻を埋《うず》め込んだ。

顔中に弾力ある双丘を受け止め、蕾《つぼみ》に籠もる蒸れた匂いを嗅ぐと、その刺激が悩ましく胸から一物《いちもつ》に伝わっていった。

チロチロと舌を這わせて蕾を濡らし、ヌルッと潜り込ませて粘膜を味わうと、

「あう……、変な気持ち……」

久美が呻《うめ》き、キュッと肛門で舌先を締め付けてきた。

京之助が舌を蠢《うごめ》かすと、陰戸から清らかな蜜が糸を引いて垂れてきた。

ようやく舌を引き離すと、彼は割れ目を舐め回し、淡い酸味のヌメリをすすって膣口の襞を掻き回した。

そして小粒のオサネまでゆっくり舐め上げていくと、

「アア……、そこ。いい気持ち……」

久美が熱く喘ぎ、思わずキュッと座り込みそうになっては彼の顔の左右で懸命に両足を踏ん張った。

舌先をオサネに集中させては、溢れてくるヌメリをすすっていると、久美の全身がヒクヒクと波打ち、次第に遠慮なく彼の顔に座り込んできた。

もちろん京之助は、苦しくもなく愛撫を続行した。

「な、何だか漏らしてしまいそう……」

「どうぞ、構わずに」

久美が息を詰めて口走り、彼が真下から答えて吸い付くと、たちまちチョロチョロと熱い流れがほとばしってきたのだ。

「アア……、出ている……」

久美が朦朧《もうろう》となりながら言い、勢いをつけて熱いゆばりを彼の口に注ぎ込んできた。

もちろん京之助は噎《む》せたり咳《せ》き込んだりせず、難なく流れを受け止めて少しずつ喉に流し込んでいった。清らかなそれは味も匂いも淡く、抵抗なく飲み込むことが出来た。

やがて流れが治まると、京之助は残り香の中で余りの雫《しずく》をすすった。

なおも舐めていると、新たな淫水が湧いて雫に混じり、たちまち久美は小さく気を遣《や》ったようにガクガクと痙攣《けいれん》しはじめた。

「い、いい気持ち……。アアッ……！」

久美は喘ぎながら、とうとう上体を起こしていられなくなったように突っ伏し、彼の顔の上で身を縮めた。

「も、もう堪忍《かんにん》……」

やがて久美は感じすぎるように言い、京之助が舌を引っ込めると、ノロノロと身を移動させていった。

そして京之助を大股開きにさせ、その真ん中に腹這って顔を寄せた。

「こうして……」

まだ息を弾ませながら久美が言い、彼の両脚を浮かせると、厭《いと》わず尻の谷間に舌を這わせてきたのだった。

「あう……」

熱い息を感じながらチロチロと舐められ、京之助は快感に呻いた。

久美は充分に濡らすと、ヌルッと潜り込ませて舌を蠢かせてくれた。

「アア、気持ちいい……」

京之助は潜り込んだ久美の舌先を味わうように、モグモグと肛門で締め付けて喘いだ。

中で舌が蠢くと、幹が上下にヒクついて鈴口《すずぐち》から粘液が滲《にじ》んだ。

ようやく舌が離れると、彼は脚を下ろし、久美も当然のようにふぐりを舐め回してきた。

股間に息が籠もり、睾丸《こうがん》が舌に転がされ、たまに久美はチュッと吸い付いた。

そして袋を唾液に濡らして気が済むと、久美はさらに前進し、一物を舐め上げてきた。先端まで来て粘液の滲む鈴口を舐め回し、小さな口を精一杯丸く開いて肉棒を呑み込んでいった。

「アア……」

快楽の中心部が、スッポリと熱く濡れた久美の口腔《こうこう》に包まれ、京之助は喘ぎながら幹を震わせた。

「ンン……」

久美は、先端が喉の奥に触れるほど含んで呻き、鼻息で恥毛をくすぐりながらクチュクチュと舌を蠢かせた。見ると、久美が吸い付くたび、上気した頬に笑窪《えくぼ》が浮かんだ。

京之助がズンズンと小刻みに股間を突き上げると、久美も顔を上下させ、濡れた口で滑《なめ》らかに摩擦してくれた。

「どうか、跨いで入れて下さいませ……」

すっかり高まった京之助が言うと、久美もチュパッと軽やかな音を立てて口を離し、身を起こして前進してきた。

そしてためらいなく彼の股間に跨がると、自分で幹に指を添え、先端に濡れた割れ目を押し当ててきたのだ。

位置を定めると息を詰め、感触を味わうようにゆっくり腰を沈めた。

張り詰めた亀頭が潜り込むと、あとは潤いと重みで、ヌルヌルッと滑らかに彼自身は根元まで呑み込まれていった。

「アアッ……、すごいわ……」

すでに破瓜《はか》の痛みなど微塵《みじん》もなく、股間を密着させて久美が喘いだ。

京之助も肉襞の摩擦と熱いほどの温もり、大量の潤いときつい締め付けを味わって快感に包まれた。

両手を伸ばして抱き寄せると、久美が身を重ね、彼は膝を立てて尻を支えた。

潜り込むようにして左右の乳首を含み、舌で転がしながら、彼は久美の甘ったるい体臭に包まれた。

二

「ああ、いい気持ちよ。すごく……」

久美が喘ぎ、味わうようにキュッキュッと膣を締め付けてきた。

京之助も両の乳首を充分に味わい、腋《わき》の下にも鼻を埋め、湿った和毛《にこげ》に籠もる濃厚に甘ったるい汗の匂いに噎せ返った。

そして首筋を舐め上げ、彼女の顔を引き寄せると、下からピッタリと唇を重ねて舌を挿《さ》し入れた。

滑らかな歯並びを左右にたどり、桃色の引き締まった歯茎まで舐めると、久美も歯を開いて舌を触れ合わせてきた。

生温かな唾液に濡れた舌がチロチロと滑らかに蠢き、京之助はまだ動かず温もりと締め付けを味わいながら興奮を高めていった。

「唾《つば》を垂らして、酸っぱい蜜柑《みかん》を思って沢山《たくさん》……」

口を触れ合わせたまま囁《ささや》くと、久美も懸命に唾液を分泌させ、小泡の多い唾液をトロトロと口移しに注ぎ込んでくれた。

京之助はうっとりと味わい、喉を潤して酔いしれた。

「顔中もヌルヌルにして下さい……」

なおもせがむと、久美も厭わず彼の鼻や頬、瞼《まぶた》にまでペロペロと満遍《まんべん》なく舌を這わせてくれた。それは舐めるというより、垂らした唾液を舌で塗り付けるようで、たちまち彼の顔中は久美の唾液でヌルヌルにまみれ、ほのかに悩ましい匂いを漂わせた。

もう堪《たま》らずに、京之助は両手を回しながら、ズンズンと股間を突き上げはじめていった。

「あう……」

「痛くありませんか」

「ええ、いい気持ち。もっと強く……」

囁くと久美が答え、京之助は次第に勢いをつけて突き上げた。

溢れる蜜が律動を滑らかにさせ、久美も腰を遣《つか》って摩擦を強めてくれた。

「下の歯を、私の鼻の下に……」

言うと久美もすぐに大きく口を開いて、下の歯並びを京之助の鼻の下に当ててくれた。

鼻が久美の口にスッポリと収まり、甘酸っぱい濃厚な果実臭の息が彼の胸をいっぱいに満たしてきた。

「ああ、いい匂い……」

京之助は、可憐《かれん》な久美の吐息の匂いに酔いしれて喘いだ。

目の前に久美の鼻の穴が迫り、そこから洩れる息も彼の睫毛《まつげ》をくすぐった。

美しい旗本娘の吐き出す息だけを嗅ぎ、間近な鼻の穴を長く見つめるなど、誰もしたことがないのではないか。

まるで鼻と一物が、それぞれ久美の上と下の口に含まれているようだ。

なおも股間を突き上げ続けると、とうとう京之助は大きな絶頂の快感に全身を貫かれてしまった。

「い、いく。気持ちいい……！」

昇り詰めて口走り、熱い大量の精汁がドクンドクンと勢いよくほとばしって、柔肉の奥深い部分を直撃すると、

「あ、熱いわ……。いい……。アアーッ……！」

噴出を感じた途端に久美も気を遣り、声を上ずらせながらガクガクと狂おしい痙攣を開始したのだった。

締め付けが増し、京之助は駄目押しの快感を嚙み締めながら、心置きなく最後の一滴まで出し尽くしていった。

「アア、何て気持ちいい……」

久美もとことん快楽を貪って喘ぎ、やがて彼が突き上げを弱めていくと、いつしか彼女も肌の強《こわ》ばりを解いて力を抜き、グッタリと遠慮なく彼に身体を預けてきたのだった。

やがて互いに完全に動きを止め、彼自身が中でヒクヒクと過敏に震えるたび、応えるように久美もキュッときつく締め上げた。

そして久美の吐き出す甘酸っぱい息を嗅ぎながら余韻を味わうと、彼女もそろそろと股間を引き離して添い寝してきた。

「ああ……、まだ震えが止まらないわ……」

久美が身を寄せて囁き、彼も荒い呼吸を整えた。

「私がするようなことを、夫となる人に求めてはいけませんよ」

「ええ、分かってるわ。あれこれするのは京之助とだけ。夫とするときは、ただじっとしていれば良いのでしょう」

「そうです」

久美も、すっかり分かってきたようで、京之助も安心したものだった。

すると、まだ好奇心が治まらないのか、久美は横から密着しながら、済んだばかりの肉棒に手を這わせてきた。

「少し柔らかくなっているわ」

「ええ、でもいじられると、また勃《た》ってきますので」

言うと、久美はニギニギと指を動かし、彼に唇を重ねてチロチロと舌をからめてきた。

唾液と吐息、指の愛撫に彼自身はたちまちムクムクと回復していった。

「勃ってきたわ」

「ええ、気持ち良いです」

「ね、私のお口に出して。京之助の子種、飲んでみたいの」

久美が言い、思わず手のひらの中で幹がピクンと震えた。

先日まで無垢《むく》だった旗本娘が、そのようなことを言うなど信じられないが、それだけ久美は何でも試したがる性格なのだろう。

「美味《おい》しいものではないですよ」

「ええ、でも京之助だって、私のゆばりを飲んでくれたでしょう」

久美は言い、とうとう身を起こして再び彼の股間に顔を迫らせてきた。

彼自身は、すっかり元の硬さと大きさを取り戻している。

「どうすれば出るかしら」

「舐めたり吸ったり、出し入れしたりするのが良いです」

彼が言うと、久美は幹に指を添え、先端にチロチロと舌を這わせてきた。

乾いているとはいえ、自分の淫水も混じっているだろうに、全く厭う様子もなく、美味しそうにしゃぶりはじめた。

張り詰めた亀頭を含み、笑窪の浮かぶ頬をすぼめて吸いながらチュパッと口を離し、それを繰り返しながら徐々に深く呑み込んでいった。

そして京之助がズンズンと股間を突き上げると、

「ンン……」

久美は小さく呻きながら、自分も合わせて顔を上下させ、スポスポと滑らかに摩擦しはじめてくれた。

「ああ、気持ちいい……」

京之助は急激に高まって喘いだ。やはり、旗本娘の口を汚《けが》すという興奮は絶大である。摩擦が一定の調子になると絶頂が迫り、まるで京之助は久美のかぐわしい口に全身が含まれ、舌で転がされているような気になった。

「あう、いく。気持ちいいっ……！」

たちまち昇り詰めた京之助は、口走りながらありったけの精汁を勢いよく噴出した。さすがに、旗本娘の清らかな口に射精するのは、畏《おそ》れ多いような快感があった。

「ク……！」

喉の奥を直撃された久美は微《かす》かに眉をひそめて呻いたが、なおも激しく吸引してくれたのである。

「ああ、すごい……」

チューッとふぐりから直《じか》に吸い出されるようで、京之助は喘ぎながら激しい快感に腰をよじった。

図らずも、初めて口に受けた久美の吸引が最も気持ち良かったのだ。

京之助は魂《たましい》まで吸い出されるような快感を心ゆくまで味わい、最後の一滴まで出し尽くしていった。

「ああ……」

満足しながら声を洩らし、グッタリと身を投げ出すと、久美も摩擦と吸引を止《や》めた。そして亀頭を含んだまま、口に溜まった精汁を一息にコクンと飲み干してくれたのだ。

自分の生きた子種が美しい久美の胃の腑《ふ》に納まり、溶けて吸収され栄養にされることが、激しい幸福に感じられた。

「あうう、いい……」

京之助は締まる口腔に駄目押しの快感を得て呻き、久美もようやく口を離してチロリと舌なめずりした。

「生臭いわ。でも京之助の生きた子種が飲めて嬉《うれ》しい……」

久美は感想を述べ、なおも幹をニギニギしては、鈴口に膨《ふく》らむ白濁《はくだく》の雫《しずく》を丁寧にペロペロと舐め取ってくれた。

「も、もういいです。有難うございました……」

京之助が過敏に幹を震わせながら律儀に礼を言うと、久美も口と指を離して添い寝し、彼の呼吸が整うまで胸に抱いてくれたのだった。

京之助は荒い呼吸を繰り返し、いつまでも去らぬ動悸《どうき》の中、久美の甘酸っぱい吐息を間近に嗅ぎながら、うっとりと快感の余韻に浸り込んでいった。

三

京之助は、志摩が戻ってくる前に久美と別れ、隠居宅を出て真っ直ぐに但馬屋へと行った。比呂は京之助を見ると顔を輝かせ、すぐにも彼を裏の離れへと招き入れた。

比呂の眼差《まなざ》しは快楽への期待に燃え、京之助もまた、久美の上と下に射精したというのに、早くも股間が疼《うず》きはじめてしまった。

たとえ魔界の力がなかったにしても、やはり相手が変わると、淫気も白紙に戻り新たな興奮が湧くのだろう。

「実は、先ほど田所様が顔を見せました」

比呂が、急に眉をひそめて言った。

「そう、それで？」

「包みを渡されました。毎日少しずつ食事に入れるようにと」

比呂は言い、袂《たもと》から紙包みを取り出して見せた。

「正直なところ、お比呂さんの気持ちはどうなのです？」

「わ、私は田所様は大嫌いです。うちの人を亡き者にして、私の婿《むこ》養子に入るなど、考えただけでも、とても……」

比呂は答え、うんと年上といっても彼女は幸兵衛を好いているし、何しろ赤ん坊の父親なのだからと、今の平穏な暮らしにすっかり満足しているということを切々と述べた。

ただ、毒薬をむげに拒《こば》むと、修衛が新たにどんな難題を吹っかけてくるかが不安で、受け取ってしまったらしい。何しろ毒薬は少量ずつ入れろということなのだから、すぐにも結果は出ず、時間稼ぎをしているうち良策が浮かぶかも知れないのである。

今日、修衛は顔を見せたものの比呂に触れるような悪戯もせず、幸兵衛から小遣いをもらってすぐ立ち去ったらしい。

「ならば、その毒薬は私が預かってもいいかな」

「はい、そうして頂ければ助かります。持っているだけで恐いので」

比呂は言って薬の包みを差し出し、京之助は受け取って袂に入れた。

渡してしまうと、比呂もほっとしたように、あらためて不安が淫気に切り替わったようである。

今日は離れに、布団も敷かれているではないか。

比呂は幸兵衛を好いて安心を得ていても、それと若い京之助との情交は別物らしい。

今まで、比呂もそれなりに男は知ってきただろうが、京之助ほど丁寧な愛撫をするものは他にいなかったのだろう。

もちろん彼も、すでに痛いほど股間が突っ張っていた。

「では、脱ぎましょうか」

京之助が言って大小と十手を置くと、すぐ比呂は笑顔になって勢いよく頷《うなず》き、手早く帯を解きはじめたのだった。

互いに一糸《いっし》まとわぬ姿になると、京之助は比呂を布団に仰向けにさせてのしかかり、今日も甘い匂いを放って乳汁《ちしる》を滲ませている乳首にチュッと吸い付いていった。

「アア……！」

すぐにも比呂がビクッと反応して喘ぎ、さらに濃い匂いを立ち昇らせた。

乳首の芯を唇に強く挟んで吸うと、生ぬるく薄甘い乳汁が彼の口に流れ込んできた。

京之助はうっとりと喉を潤し、もう片方も含んで吸い、充分に飲み込んでから腋の下に鼻を埋め込んだ。

色っぽい腋毛には、乳汁とは異なる甘ったるい汗の匂いが濃く沁み付き、彼は新造《しんぞう》の体臭で胸を満たした。

そして白く滑らかな肌を舐め下り、形良い臍《へそ》を舌先で探り、腰から脚を舐め下りていった。

脛《すね》にはまばらな体毛もあり、京之助は興奮を高めながら足首まで下り、足裏に回って舌を這わせ、縮こまった指の間に鼻を割り込ませて嗅いだ。

今日は朝風呂を使わなかったか、以前より蒸れた匂いが濃く沁み付き、彼は悩ましい匂いを貪りながら爪先をしゃぶり、汗と脂に湿った指の股を念入りに舐め回した。

「アア……、いけません……」

比呂は朦朧としながら喘ぎ、少しもじっとしていられないようにクネクネと身《み》悶《もだ》えた。

京之助は両足とも、全ての指の股を貪り、味と匂いを堪能した。

「うつ伏せに」

言って押しやると、比呂も素直にゴロリと寝返りを打ってうつ伏せになった。

彼は比呂の踵《かかと》から脹《ふく》ら脛《はぎ》、ヒカガミから太腿を舐め上げ、白く豊かな尻の谷間を舌でたどった。

尻の谷間は後回しで、腰から滑らかな背中を舐め上げていくと、淡い汗の味が感じられた。

肩まで行って耳の裏側の湿り気を嗅ぐと、髪の香油に混じって蒸れた汗の匂いが感じられた。舌を這わせて耳たぶを吸うと、比呂がウッと息を詰めて肩をすくめた。

再び背中を舐め下り、脇腹にも寄り道して尻に戻ってきた。

うつ伏せのまま股を開かせ、腹這いになって顔を寄せ、指でグイッと谷間を広げると、僅《わず》かに突き出た薄桃色の蕾が露《あら》わになった。鼻を埋め、蒸れて秘めやかな匂いを嗅いでから舌を這わせ、ヌルッと潜り込ませると、

「あう……！」

比呂が顔を伏せたまま呻き、キュッと肛門で舌先を締め付けてきた。

京之助は舌を蠢かせ、ほのかに甘苦く、滑らかな粘膜を貪った。

「そ、そこは堪忍……」

比呂が尻をくねらせて言う。ここはされ慣れていないというよりも、苦手なのだろう。

京之助が充分に味わって顔を上げると、比呂は尻を庇《かば》うように自分から再び仰向けになった。彼は比呂の片方の脚をくぐり、白く量感ある内腿を舐め上げて股間に迫った。

すでに割れ目からは大量の淫水が溢れ、茂みの下の方にも雫が宿っていた。

指で陰唇を広げると、息づく膣口には乳汁に似た白っぽい粘液も滲み、大きめのオサネが包皮を突き上げるようにツンと突き立っている。

京之助は顔を埋め込み、柔らかな茂みに鼻を擦りつけて嗅ぎ、隅々に生ぬるく籠もる蒸れた汗とゆばりの匂いに噎せ返った。

胸を満たしながら舌を挿し入れ、膣口の襞を掻き回すと淡い酸味のヌメリで、すぐにも舌の蠢きが滑らかになった。

柔肉をたどり、大きめのオサネまでゆっくり舐め上げていくと、比呂がビクッと顔を仰《の》け反《ぞ》らせて喘ぎ、内腿でムッチリと彼の顔を挟み付けてきた。

「アアッ……！」

京之助はオサネを舐めたり吸ったりしながら、左手の人差し指を唾液に濡れた肛門に浅く潜り込ませ、右手の二本の指は膣口に押し込んだ。

そして前後の穴の内壁を、指で小刻みにクチュクチュと摩擦しながら執拗《しつよう》にオサネを舐め回すと、

「あう、駄目、いっちゃう……。アアーッ……！」

たちまち比呂が声を上ずらせ、前後の穴で痺《しび》れるほど指を締め付けながら、ガクガクと激しく気を遣ってしまった。

同時に潮を噴くようにピュッと熱い淫水がほとばしり、彼の顔を濡らした。

あとは声もなく比呂がヒクヒクと痙攣し、失神したようにグッタリとなったので、ようやく京之助も舌を引っ込めた。

前後の穴からヌルッと指を引き抜くと、

「く……！」

比呂が呻いてピクンと反応し、淫らに淫水が糸を引いた。

膣内にあった二本の指は、白っぽい粘液でヌルヌルにまみれて湯気さえ立て、指の腹は湯上がりのようにシワになっていた。

肛門に入っていた指に汚れはないが、生々しい匂いが感じられた。

京之助は添い寝し、比呂が正気に戻るのを待ったが、彼女がノロノロと無意識のように指で彼の強ばりに触れてきたのである。

やはり舌と指で果てるのは、まだまだ物足りないのだろう。

京之助も仰向けの受け身体勢になり、比呂の体を下方へと押しやると、彼女も朦朧としながら移動していった。

顔を寄せ、汗ばんだ手のひらでふぐりを包み込んで優しく揉《も》みながら、張り詰めた亀頭にしゃぶり付いてきた。

先端にチロチロと舌を這わせ、股間に熱い息を籠もらせながら、そのままスッポリと喉の奥まで呑み込んでいった。

「アア……」

京之助は快感に喘ぎ、新造の愛撫を受け止めながら、彼女の口の中で唾液にまみれた肉棒をヒクつかせた。

「ンン……」

比呂も小さく呻きながら深々と含んで吸い付き、顔を上下させてスポスポと強烈な摩擦を開始した。

たちまち京之助は絶頂を迫らせ、挿入を求めて身を起こしていったが、今日は違う体位を経験しようと思ったのだった。

四

「四つん這いに……」

京之助が言って比呂を支えると、彼女も懸命に力を込めてうつ伏せになり、顔を伏せて尻を突き出してきた。

彼は膝を突いて股間を進め、幹に指を添えて先端を後ろから比呂の膣口にあてがい、感触を味わいながらゆっくり挿入していった。

ヌルヌルッと根元まで貫くと、

「アアッ……！」

比呂は顔を伏せて喘ぎ、キュッときつく締め付けてきた。

初めての後ろ取り（後背位）だが、やはり本手《ほんて》（正常位）や茶臼《ちゃうす》（女上位）と違い、向きが異なるので挿入感覚も微妙に違って新鮮だった。

しかも深々と突き入れると、下腹に尻が密着して心地よく弾み、何とも心地よいのである。

京之助は比呂の尻を抱えてズンズンと腰を前後させ、摩擦と締め付けを味わった。さらに背中に覆《おお》いかぶさり、髪の匂いを嗅ぎながら、両脇から回した手で乳房を揉み、なおも腰を動かした。

「い、いい気持ち……」

比呂も、やはり挿入快感に悶えながら声を洩らした。

しかし、やはり顔が見えないし、唾液や吐息を感じられないので、京之助は味わっただけで身を起こし、ヌルッと引き抜いてしまった。

「あう……」

比呂が快感を中断されて呻き、支えを失くしたように突っ伏した。

それを彼は横向きにさせ、上の脚を真上に持ち上げ、下の内腿に跨がって再び挿入。春本《しゅんぽん》では松葉くずしという体位のようだが、互いの股間が交差しているので密着感が強かった。

京之助が彼女の上の脚に両手でしがみつき、小刻みに腰を前後させると、一物のみならず滑らかに擦れ合う互いの内腿も心地よかった。

しかし、ここでもやはり顔が遠いので物足りず、京之助は少し試しただけで引き抜き、比呂を仰向けにさせた。

そして本手で挿入して身を重ねると、

「アアッ……、もう抜かないで……！」

比呂が息も絶えだえになって喘ぎ、両手で激しくしがみついてきた。

「あと一回、最後は茶臼で」

京之助は答え、身を重ねてズンズンと腰を遣い、肉襞の摩擦で充分すぎるほど高まった。

そして絶頂寸前でヌルッと引き抜くと、

「あう、意地悪……」

比呂が詰《なじ》るように言い、京之助は身を起こしながら彼女を引き起こした。

そして彼が入れ替わりに仰向けになり、比呂の顔を股間に押しやると、彼女も心得、自分の淫水にまみれているのも構わず張り詰めた亀頭にしゃぶり付いてくれた。

深々と呑み込まれ、チロチロと滑らかに舌がからまると、彼は膣内とは違う感触に高まった。

ズンズンと股間を突き上げると、

「ンン……」

比呂も熱く鼻を鳴らして顔を上下させ、強烈な摩擦を繰り返してくれた。

「い、入れたい。跨いで……」

京之助が口走ると、待っていたように比呂はすぐにもスポンと口を離し、身を起こして前進してきた。そして彼の股間に跨がり、もどかしげに上から一気に挿入してきたのである。

「アアッ……、いい……」

これで果てられるという期待と安堵感《あんどかん》に喘ぎ、比呂は根元まで深々と受け入れて身を重ねてきた。

京之助も抱き留め、膝を立てて尻を支え、潜り込んで左右の乳首を順々に吸った。生ぬるい乳汁で喉を潤すと、そのまま彼女の顔を引き寄せ、唇を重ねながら股間を突き上げはじめた。

舌をからめ、生温かな唾液をすすりながら肉襞の摩擦に絶頂を迫らせると、

「ああ……。い、いきそう……！」

比呂は口を離して熱く喘ぎ、収縮を強めて腰を動かした。

彼女の吐き出す湿り気ある肉桂臭《にっけいしゅう》の息を間近に嗅ぎ、京之助は激しく股間を突き上げた。

全ての体位を味わい、彼は比呂の口から滴《したた》る唾液を舌に受け止めて、胸には擦りつけられる乳汁のヌメリを感じ、互いの股間は粗相《そそう》したほど大量の淫水に温かく濡れた。

「い、いく……！」

たちまち京之助は溶けてしまいそうに大きな絶頂の快感に包まれ、熱く口走りながら、ドクンドクンと勢いよく熱い精汁を放った。

「い、いいわ……。アアーッ……！」

噴出を受け止めた比呂も声を上ずらせ、ガクガクと狂おしい痙攣を開始しながら、本格的に気を遣ってしまった。

京之助は心ゆくまで快感を味わい、激しく股間を突き上げながら最後の一滴まで出し尽くしていった。

やがて満足しながら徐々に突き上げを弱めていくと、いつしか比呂も肌の硬直を解いてグッタリともたれかかってきた。

「アア……。今までで、一番すごい……」

比呂が荒い息遣いとともに囁き、なおも膣内をキュッキュッときつく締め付けてきた。

京之助は完全に動きを止め、新造の重みと温もりを受け止めた。

中では締め付けに合わせ、一物がヒクヒクと過敏に跳ね上がった。そして彼はかぐわしい吐息を嗅いで胸を満たしながら、うっとりと快感の余韻を味わったのだった。

「ぜんぜん小さくならないのですね……」

重なったまま比呂が言い、締め付けを強めてきた。

確かに、京之助の淫気は余りあり、一向に中で萎《な》える気配がない。このまま、抜かずの二発目が出来そうである。

「アア……。またいったら、母屋《おもや》に戻れなくなります……」

比呂が囁き、名残惜《なごりお》しげにそろそろと股間を引き離していった。

「まだ出せるのなら、私のお口に如何《いかが》ですか。いっぱいお乳を飲んでもらったので、今度は私が飲みたいです」

言われて、京之助はその言葉だけでゾクゾクと回復していった。

そして比呂が移動したので、彼は仰向けのまま自ら両脚を浮かせて抱え、尻を突き出した。

彼女も厭わず舌を這わせ、ヌラヌラと肛門を舐め回してからヌルッと潜り込ませてくれた。

「ああ……」

京之助はモグモグと肛門で比呂の舌を締め付けながら、射精したばかりの一物を最大限に膨張させていった。

比呂も中で舌を蠢かせてから、彼が脚を下ろすとふぐりに舌を這わせ、満遍なく袋を濡らして二つの睾丸を転がした。

せがむように幹を上下させると、比呂も前進し、いよいよ肉棒の裏側を舐め上げ、先端をチロチロと探ってから、丸く開いた口にスッポリと喉の奥まで呑み込んでくれた。

「アア、気持ちいい……」

京之助が喘ぎ、ズンズンと股間を突き上げると、比呂も顔を上下させて摩擦し、たっぷりと唾液を出しながら舌の蠢きと吸引を繰り返した。

もう我慢することもないので、彼は愛撫を受けながら激しく高まった。

「ああ、いく……！」

たちまち彼は昇り詰めて喘ぎ、ありったけの熱い精汁をドクンドクンと勢いよくほとばしらせ、新造の喉の奥を直撃した。

「ク……、ンン……」

噴出を受けた比呂は小さく呻き、噎せることなく受け止めてくれた。

美女の清らかな口を汚すのも、膣内に出すのとは異なる快感があった。

京之助は、なおも比呂が続ける摩擦と吸引、舌の蠢きに身悶えながら、心置きなく最後の一滴まで出し尽くしていった。

やがて満足しながら力を抜き、彼がグッタリと身を投げ出すと、比呂も動きを止め、亀頭を含んだまま口に溜まった精汁をゴクリと飲み込んでくれた。

「あう……」

締まる口腔の刺激に呻き、京之助は駄目押しの快感に幹を震わせた。

ようやく比呂が口を離し、なおも幹を指でしごきながら、鈴口に膨らむ余りの雫まで丁寧にペロペロと舐め取ってくれた。

「アア……。も、もういい……」

京之助は過敏に幹を震わせ、息を詰めて降参したのだった。

「二度目なのに、何ていっぱい……」

顔を上げた比呂が言い、淫らにヌラリと舌なめずりした。

京之助は比呂を抱き寄せて腕枕してもらい、甘い匂いに包まれながら余韻を味わい、呼吸を整えたのだった。

五

「これを、同心の田所修衛様に渡したか」

比呂と別れ、但馬屋の離れを出た京之助は、修衛が立ち寄った薬種問屋を訪ねていた。

そして彼は、トリカブトの粉末の入った紙包みを差し出したのである。

「は、はあ……」

太った五十年配の主人が、やや怯《おび》えながらも素直に答えた。

「そうか、代金は」

「頂いておりません。ご禁制の品があるか細かに調べるぞと脅されて、もちろんそのような品は置いておりませんので」

「ならば、これは返しておこう。少し使ったようだが」

「はい……」

「今後、何かせしめられるようなことがあれば断れ。私は瓜生京之助だ。私の名を出せば、大人しく引っ込むだろう」

「有難うございます」

主人は答え、小銭を出そうとしたので断り、京之助は薬種問屋を出た。

そして、そのまま夕刻まで見回りをした。

「伊三郎と修衛が居酒屋に。何やら揉めてますよ」

日が落ちる頃、京之助が帰ろうとしたところで、物陰から仄香《ほのか》が姿を現して言った。

「なに」

聞き返したときには、すでに仄香は姿を消していた。

人から見えぬ姿であちこち徘徊《はいかい》し、京之助の役に立とうとしてくれているのかも知れない。

居酒屋へ行ってみると、確かに昼前と同じ席に二人がいたので、京之助は同じように窓の外から立ち聞きをした。

「女でも買いに行きたいが、田所、手持ちはあるか」

「堀田様、前にお貸しした分がまだ返してもらっていませんのでね」

修衛が、かなり酒が回った口調で伊三郎に答えていた。

昼間と違い、今宵《こよい》は銚子の数も増え、肴《さかな》の空皿も多く並んでいる。

どうやら修衛は、以前に伊三郎の花代まで立て替えてやったことがあるようだった。

旗本の三男坊に平同心、どちらも金には不自由しているだろう。

伊三郎は親の金を持っていそうだが、三男坊ともなれば小遣いもままならず、まして刀を二振りも折られているのである。

昼間の飲み食いは少しだったので、割り勘にしたようだ。

もう伊三郎の腰巾着《こしぎんちゃく》たちも、彼の横暴についてゆけなくなったように、つるまなくなっているようだった。

「なにい、いずれ但馬屋を乗っ取ろうとしているのだろう。少しばかり何とかならぬか」

伊三郎が言う。

どうやら酔いに任せ、修衛はそんなことまで喋《しゃべ》ってしまったようだ。

「袂がだいぶ重そうだな。相変わらず但馬屋からせしめているのだろう。いくら持っている」

伊三郎がジロリと睨《にら》んで言うと、修衛は袂を押さえ、

「いえ、大したことはないです。夜鷹《よたか》ぐらいしか買えません」

そう答えて盃《さかずき》を干した。

「夜鷹か……。それでも良いか。何なら踏み倒してやろう」

「あまり、この界隈《かいわい》で悶着《もんちゃく》を起こさないで下さいよ」

二人は話して腰を上げ、今回は修衛が全て払ってやったようだ。

居酒屋を出ると、伊三郎と修衛は、ややフラつきながら歩きはじめ、京之助もそっとあとをつけていった。

二人は町を外れて堤《つつみ》を降り、大川《おおかわ》沿いに出て行った。

屯《たむろ》している夜鷹たちの群れからは、かなり外れているが、はぐれ者の夜鷹にはこっそり武家女や新造が混じっているという噂《うわさ》なので、二人はそうしたものを求めたのだろう。

当今、不景気で誰もがこっそり小銭稼ぎをしなければ食っていけない世の中に

なっているのだった。

二人も、阿婆擦《あばず》れではなく、金欲しさで密かに夜鷹をしている素人《しとうと》の女の方が清潔だし、弱みがあって踏み倒しやすいと思ったのかも知れない。

と、河原に焚《た》き火が見え、一人の女が火に当たっていた。

手拭《てぬぐ》いを被り、火に照らされた顔は若くて美しい。

遠目にそれを見て、京之助は苦笑した。

何と、それは仄香であった。

どうやら人から見える姿になり、二人をからかってやろうというのだろう。

「おい、女。お前一人か」

「ほう、まれにみる美形ではないか。まだ二十歳《はたち》ぐらいか」

修衛が声を掛け、伊三郎も仄香の顔を覗《のぞ》き込むと、欲望に目をぎらつかせて言った。

仄香は顔を上げ、にっと白い歯を見せて笑った。

「確かに良い女だ」

「田所。俺が先だ。女、いくらだ」

伊三郎が、修衛を押しのけて言った。

「お一人百両」

「なにい？」

笑みを含んだ仄香の返事に、二人は眉を険《けわ》しくさせた。

「二人で二分でどうだ。充分だろう」

「百両と言ったはずです。破落戸《ごろつき》の旗本と同心には払えませんでしょう。他へお行きなさい」

「女！」

言うなり修衛が大刀を抜き、脅そうと切っ先を突き付けた。

「斬《き》れるものなら斬ってごらんなさい。その腕では無理でしょう」

仄香が言うと、修衛は本気で斬りかかった。

伊三郎が抜かないのは、まだ折れた刀を差しているからだろう。それよりは傷つけずに犯すことを考えたようだ。

「おのれ、無礼打ちにしてくれる！」

逆上した修衛が刀を振るって言ったが、

「あはははは！」

仄香はヒラリヒラリと避けて跳躍し、それを伊三郎も必死で組み付こうとするが、刀も指先も掠《かす》りはしなかった。

「こ、狐狸妖怪《こりようかい》か……」

修衛は必死になって攻撃を繰り返し、伊三郎も回り込んで懸命に仄香を追い回した。

仄香も笑ったまま寸前のところまで引き寄せて素早く避けるものだから、二人ともたたらを踏んでは河原の石によろけ、たちまち息が切れてとうとう座り込んでしまった。

仄香は被った手拭いを落としもせず、たちまち煙のように姿を掻き消してしまったのだった。

あとに残るのは、チロチロ燃えている焚き火だけである。

「な、何だったのだ、今の女は……」

「分からん……」

二人とも、肩で激しく息をして言い合い、すっかり酔いも醒めてしまったようだった。

見ていた京之助は笑みを洩らすと、二人をそのままに土手を上がって同心長屋へと帰っていったのだった。

軽く夕餉《ゆうげ》を済ませて寝ることにしたが、仄香は姿を現さなかった。

ここのところ絶大な女運に恵まれているから、仄香と出会ってからは全く手すさびをしなくなっていた。

今日も、多くの女と交わることが出来たので、彼は大人しく布団に横になったのだった。

きっと明日も良いことがあるだろうと思い目を閉じると、たちまち彼は心地よく深い眠りに落ちていった……。

——しかし、そのあと、何と河原で堀田伊三郎の無残な死骸が発見されたのである。

しかも脇差と財布に印籠《いんろう》まで奪われ、顔から胸まで焚き火に突っ込んで顔も上半身も丸焦《まるこ》げ。

人相も紋所も、悉《ことごと》く焼かれていたのだった。

そして袈裟懸《けさが》けに斬られた深い傷跡もあった。

恐らく斬られた伊三郎が倒れたところを、賊《ぞく》が持ち物を奪い、火の中に投じたのだろう。ただ倒れた伊三郎は折れた刀の柄《つか》を握っており、鞘《さや》の中には折れた刀身も入ったままだった。

きっと伊三郎は、折れた刀で応戦したのだろう。

死骸は最初誰だか分からず、川を行く猪牙舟《ちょきぶね》に発見されたのが夜明け過ぎになってからだった。

そして京之助が奉行所でそれを知ったのは、午前の所用を済ませ、昼過ぎに戻ってからであった。

第五章　二人に挟まれる快楽

一

朝、志摩からの使いが同心長屋へと来たので、朝餉《あさげ》を済ませた京之助は奉行所には出仕せず、直《じか》に久美の待つ隠居宅へと出向いた。

使いに来たのは、何と志摩の娘、小梅《こうめ》という久美と同い年、十八になる可憐《かれん》な娘だった。

久美と小梅は、ともに志摩に育てられた乳姉妹ということになる。

今日、志摩は亡夫の七回忌《き》で法要に出向いているらしい。

小梅にとっても亡父になるが、法要へは行かずに、志摩の言いつけを優先したのだろう。

彼が部屋に入ると、いつものように久美が寝巻姿で待っているではないか。

そして、何と小梅も手早く帯を解きはじめたのである。

「え……？」

「さあ、京之助も脱いで。今日は三人でするのです。小梅は無垢《むく》ですが、縁談が近いので男女のことを知りたいというのです」

京之助が戸惑うと、久美が涼しい顔で言って寝巻を脱いだ。

小梅も、やや緊張に頬を強《こわ》ばらせながらも、黙々と着物を脱ぎ去っていく。

（ふ、二人を相手に……）

京之助は驚いたものの、激しい淫気に身を包まれていった。

可憐な二人の娘の両方が味わえるなど、滅多に出来ない、いや、普通のものならば絶対に体験できないことである。

彼は興奮に股間を熱くさせ、大小と十手《じって》を置くと、手早く羽織《はおり》と着物を脱ぎ去っていった。

二人の娘が一糸《いっし》まとわぬ姿になると、たちまち室内に生ぬるく甘ったるい匂いが混じり合って立ち籠めた。

小梅も色白で、志摩に良く似た美形、ぽっちゃりとした肉づきも魅惑的で、無垢な肌が滑《なめ》らかに息づいていた。

あるいは今まで娘同士、男女の際どい話題に興じるのみならず、互いの肌に触れ合い悪戯《いたずら》をしてきた仲なのかも知れない。

京之助も全裸になると、

「ここに寝て」

久美が場所を空けて言うので、彼は布団に仰向けになった。

「すごいわ、こんなに……」

「もっと近くで見ましょうね」

小梅が屹立《きつりつ》した一物《いちもつ》を見て息を呑み、久美は誘って二人同時に彼の股間に顔を寄せてきた。

久美は小梅を、大股開きにさせた京之助の股間に腹這わせた。

小梅は初めて見る男の体に身を強ばらせていたが、それでも好奇心いっぱいに目を輝かせて一物を見つめていた。

一見大人しげだが、やはり久美の身近にいるので情交への期待も少なくないようだった。

「さあ、触ってみて。これが男のものなのよ」

久美が、京之助を自分のもののように扱って小梅に言った。

すでに体験をしているので姉貴分なのだが、京之助への執着より、姉妹同然の小梅と一緒に味わおうというのだから、すでに彼への独占欲は薄れかけているのだろう。

京之助も、むしろ久美が妬心《としん》を湧かせるより、自分を快楽の道具のように扱ってくれる方が気が楽だった。

これなら、彼とは快楽のみの間柄となり、もう同心へ嫁《とつ》ぐなどとは言わず、あとは親のすすめに従ってどこぞの旗本に嫁いでくれるに違いない。

やがて久美に促されるまま、小梅はそろそろと手を伸ばし、指で幹を撫《な》でた。

無垢な感触に、京之助は荒くなりそうな呼吸を抑え、刺激にヒクヒクと肉棒を震わせた。

いったん触れてしまうと、小梅も徐々に度胸が付いたように張り詰めた亀頭を撫で、ふぐりにも指を這わせてきた。

さすがに久美の妹分で、しかも久美と同じ相手と初の情交が出来るという期待も湧いているようだった。

久美も今まで、小梅に会うたび情交の良さをあれこれ教えていたのだろう。

小梅は袋をつまみ上げ、肛門の方まで熱心に覗《のぞ》き込んできた。

「それはふぐり、玉が二つあって子種を作っているの。それが気持ち良くなるとゆばりの出る鈴口《すずぐち》から勢いよく飛ぶのよ」

久美が声を潜めて説明し、小梅も手のひらにふぐりを包み込んでコリコリと二つの睾丸《こうがん》を確認していた。

「先っぽが濡れてきたわ。これが精汁……？」

「それは女が濡れるのと同じ淫水、精汁は白いのよ」

二人はヒソヒソと話し合い、久美も指を這わせ、京之助は二人分の指に触れられて最大限に勃起した。

「入るのかしら、こんなに太くて大きなものが……」

「入るわ。そのために女も濡れるのだし、痛いのは最初だけ、あとはものすごく気持ち良くなるのよ」

二人の囁《ささや》きに興奮を高め、彼は二人分の熱い視線と息を股間に感じ、今にも暴発しそうなほど高まってしまった。

「入れるところを見たいわ」

「それはあと。男も充分に気持ち良くならないと出ないので、まずは体中を可愛がってあげましょう」

久美が言って、二人はいったん彼の股間から離れた。

そして移動し、左右から屈《かが》み込むと、京之助の乳首に同時にチュッと吸い付いてきたのである。

「アア……」

京之助は両の乳首を吸われ、ビクリと身を震わせて喘《あえ》いだ。二人がかりとなると、快感も倍である。

二人は熱い息で彼の肌をくすぐりながら、チロチロと乳首を舐め回した。

その微妙に異なる、それぞれの蠢《うごめ》きに彼は身悶《みもだ》えた。

「噛んで……」

思わず言うと、二人も綺麗な歯並びでキュッと乳首を噛んでくれた。

「あう、気持ちいい……」

京之助が呻《うめ》くと、二人もモグモグと咀嚼《そしやく》するように刺激してくれ、さらに脇腹から下腹にも舌と歯で這い下りていった。

久美が移動すると、真似して小梅も同じように従うといった感じで、京之助は何やら二人の可憐な娘たちに、全身を縦半分ずつ食べられているような気持ちになった。

二人は彼の腰から脚を舐め下り、何と足裏にも舌を這わせ、爪先にまでしゃぶり付いて、指の股にヌルリと舌を割り込ませてくれたのだ。

「あぁッ……！」

京之助は、くすぐったさと申し訳なさに喘ぎ、唾液にまみれた足指で二人の清らかな舌を挟み付けた。

やがて口を離すと、二人は彼の脚の内側を舐め上げてきた。

内腿にもキュッと歯が食い込むと、彼はウッと息を詰め、幹を震わせて鈴口から粘液を滲《にじ》ませた。そして二人は頬を寄せ合い、股間に迫ると、混じり合った熱い息を籠もらせてきた。

すると久美が彼の両脚を浮かせ、尻の谷間を舐めてくれたのだ。

手本を示すようにチロチロと肛門を舐め、ヌルッと舌を潜り込ませると、京之助はキュッと肛門で久美の舌先を締め付けた。

久美は中で舌を蠢かせてから、すぐに口を離し、

「小梅もしてみて」

言うと、小梅も久美の唾液を厭《いと》うことなく舌を這わせ、同じようにヌルッと潜り込ませてくれたのだ。

「あう……」

京之助は、無垢な舌を肛門で締め付けて呻いた。

「嫌じゃないでしょう?」

久美が囁き、やがて小梅が舌を引っ込めて頷《うなず》いた。

そして脚が下ろされ、二人は再び顔を寄せ合って、同時にふぐりを舐め回しはじめた。二つの睾丸がそれぞれの舌に転がされ、袋全体は混じり合った生温かな唾液にまみれた。

いよいよ二人は前進し、肉棒に口を寄せてきた。

舌を伸ばし、裏側と側面が滑らかな舌に舐め上げられ、先に久美が先端に来ると、粘液の滲む鈴口をチロチロと舐め、パクッと亀頭を含んで吸い、チュパッと離した。

幹を握って小梅の方へ先端を向けると、彼女も鈴口を舐め回し、張り詰めた亀頭にしゃぶり付いてきた。

微妙に感触と温もりの異なる口腔《こうこう》に立て続けに含まれて、京之助は激しく高まった。

さらに交互にスポスポと含まれて吸われると、

「い、いきそう……」

もう堪《たま》らずに京之助は警告を発した。

「いいわ、二人で飲むので」

久美が言い、二人は同時に亀頭にしゃぶり付いて舌をからめては、代わる代わる含んでクチュクチュと摩擦した。

「い、いく。気持ちいい……！」

大きな快感に貫かれて口走ると、同時に大量の精汁がドクンドクンと勢いよくほとばしった。

「ンン……」

ちょうど含んでいた小梅が、喉の奥を直撃されて呻き、口を離した。

「飲むのよ」

久美が近々と顔を寄せて囁き、まだ射精を続けている亀頭を呑み込んだ。

「ああ……」

京之助は余りの精汁を心置きなく久美の口に出し尽くすと、声を洩らしてグッタリと身を投げ出した。小梅も息を詰め、口に飛び込んだ濃厚な精汁をコクンと飲み込んでくれた。

久美も飲み込み、口を離すと二人で濡れた鈴口を舐め回した。

「あうう……。も、もういい……」

京之助は二人分の舌の刺激に幹を過敏に震わせて呻き、二人の、特に無垢な小梅に飲んでもらったことに深い満足を覚えたのだった。

二

「飲むの、嫌じゃなかったでしょう?」

「ええ、生臭いけど、あまり味はないわ……」

顔を上げた久美が舌なめずりして言うと、小梅も小さく頷いて答えた。

「じゃ、京之助。私たちも舐めてくれる?」

「ええ、まだ起き上がれないので、まず二人の足裏を私の顔に……」

京之助は、まだ息と動悸《どうき》を弾ませ、余韻に浸りながら言った。

「いいわ。じゃ小梅も一緒に、こうして」

久美は言って、小梅と一緒に立ち上がり、仰向けの彼の顔の左右に立った。

全裸の娘たちを下から見上げるのは、何とも壮観だった。

そして二人は体を支え合いながら、先に久美が足を浮かせ、そっと彼の顔に乗せてきたのである。

「い、いいのかしら……」

「さあ、小梅も早く」

促され、小梅も恐る恐る足を浮かせて京之助の顔に足裏を乗せた。

「ああ……」

京之助は、二人分の足裏を顔に受けて喘ぎ、足裏に舌を這わせた。

縮こまった指の間に鼻を割り込ませて嗅《か》ぐと、どちらもそこは汗と脂《あぶら》に湿り、蒸《む》れた匂いが悩ましく沁み付いていた。しかも二人分となると、混じり合った匂いが濃厚に鼻腔を刺激してきた。

彼は匂いを堪能してから、それぞれの爪先にしゃぶり付き、指の股に舌を割り込ませて味わった。

「あう、くすぐったいわ……」

小梅が呻き、よろけそうになって久美にしがみついた。

やがて足を交代してもらい、京之助は二人分の両足とも、全ての味と匂いを貪《むさぼ》り尽くしたのだった。

「じゃ、顔にしゃがんで……」

真下から京之助が言うと、もちろん手本を示すように、先に久美が跨《また》がり、厠《かわや》に入ったようにしゃがみ込んできた。

脹《ふく》ら脛《はぎ》と内腿がムッチリと張り詰め、ぷっくりした股間が鼻先に迫ってきた。

割れ目からはみ出した花びらは、今までにないほど大量の蜜汁にヌラヌラと潤《うるお》っている。

京之助は腰を抱き寄せ、淡い茂みに鼻を埋《うず》め込み、蒸れた汗とゆばりの匂いで鼻腔を刺激されながら、舌を挿《さ》し入れて膣口を掻き回し、ヌメリをすすりながら小粒のオサネまで舐め上げていった。

「アアッ……、いい気持ち……」

久美が熱く喘ぎ、彼も執拗《しつよう》に味と匂いを貪った。

「も、漏らしそう……」

厠と同じ格好で尿意を催《もよお》したか、久美が息を詰めて言った。

構わず刺激し続けていると、

「あう、出る……」

久美が言うなりチョロッと熱い流れを彼の口にほとばしらせた。

もちろん京之助は受け止め、うっとりと喉を潤した。

流れは少量で止まり、彼は残り香の中で念入りに余りの雫《しずく》をすすった。

さらに彼は尻の真下にも潜り込み、顔中にひんやりした双丘を受け止めながら谷間の可憐な蕾《つぼみ》に鼻を埋め込み、蒸れた匂いを嗅いでから舌を這わせ、ヌルッと潜り込ませた。

「く……、いいわ……」

久美が呻き、モグモグと肛門で彼の舌先を締め付けた。

そんな様子を、小梅が上気した顔で近々と覗き込んでいる。次は自分にしてもらえると思うと、激しい期待が湧くのだろう。

「いいわ、じゃ小梅の番……」

前も後ろも舐められた久美が、名残惜《なごりお》しげに言いながらも、小梅のために股間を引き離して場所を空けた。

すると小梅も、ガクガクと膝を震わせながらも期待と好奇心に目を輝かせ、そっと彼の顔に跨がり、しゃがみ込んできた。

ぽっちゃり型の小梅は、久美よりもムッチリと内腿を張り詰めさせ、無垢な陰戸《ほと》を鼻先に迫らせた。

はみ出した花びらは綺麗な薄桃色で、指で広げると柔肉は、久美に負けないほど熱い蜜汁にまみれていた。無垢な膣口が襞を息づかせ、久美よりもやや大きめのオサネがツンと突き立っている。

腰を引き寄せ、久美と同じように楚々《そそ》とした茂みに鼻を埋め込んで嗅ぐと、やはり蒸れた汗とゆばりの匂いは久美と良く似ていた。

匂いを貪りながら舌を這わせ、生娘《きむすめ》の膣口をクチュクチュ探り、オサネまで舐め上げていくと、

「アアッ……、すごい……！」

小梅が声を上げ、思わずキュッと座り込んできた。指でいじるぐらいは経験しているだろうが、やはり男の舌は、羞恥も加わって格別なのだろう。

チロチロとオサネを探ると、淫水の量が格段に増してきた。

どうやら久美よりも汁気が多く、久美から話を聞いて期待も大きかっただけに感じやすいようだった。

「気持ちいいでしょう？」

久美が囁くと、小梅は勢い込んで頷いた。

「気持ち良すぎて漏らしそうになったら、構わず出していいのよ」

久美が言うと、確かに尿意を催したように小梅が息を詰めた。

彼が愛撫を続けていると、やがてチョロチョロと熱いゆばりが漏れてきた。

彼は受け止めて味わい、うっとりと喉を潤して酔いしれた。

「アア……」

小梅は喘ぎ、とうとう最後まで出しきってしまい、彼も全て飲み込んで潤いをすすった。

京之助は無垢な味と匂いを貪ってから、同じように尻の真下に潜り込み、密着する双丘の弾力を味わいながら蕾に籠もる匂いを嗅いだ。

もちろん、そんな様子を久美が横から覗き込んでいる。

秘めやかに蒸れた匂いを味わってから舌を這わせ、襞を濡らしてから可憐な蕾にヌルッと押し込むと、

「く……！」

小梅が呻き、キュッときつく肛門で舌先を締め付けてきた。

京之助は甘苦い滑らかな粘膜を探り、ようやく前も後ろも味わい尽くして顔を離した。

「じゃ、入れてみるわね」

小梅が京之助の顔から身を離すと、久美が言って彼の股間に跨がってきた。

彼自身はすっかり屹立し、さっきの射精などなかったかのように硬さも太さも完全に回復している。

久美は先端に陰戸を当て、小梅がキラキラと眼を輝かせて見つめる中、ゆっくりと腰を沈み込ませていった。

たちまち肉棒はヌルヌルッと滑らかに根元まで飲み込まれて見えなくなり、完全に嵌《は》まり込んで久美が股間を密着させた。

「アア……」

久美が顔を仰《の》け反《ぞ》らせて喘ぎ、座り込んだ腰をグリグリと蠢かせた。

京之助も肉襞の摩擦と温もり、締め付けと潤いを感じながらズンズンと股間を突き上げはじめた。

「あう、すぐいきそうよ……」

久美は口走り、彼の胸に両手を突っ張り、上体を反らせたまま激しく腰を上下させた。

溢《あふ》れる淫水がクチュクチュと摩擦音を立て、たちまち久美は身を起こしたまま気を遣《や》ってしまったようにガクガクと狂おしい痙攣《けいれん》を開始した。

「き、気持ちいいわ……。アアーッ……！」

久美が喘ぎ、そんな様子を小梅が息を呑んで見つめていた。

京之助は、さっき出したばかりだし、まだ次に小梅も控えているので高まりを堪《こら》えていた。

そして股間を突き上げていると、とうとう久美が全身の硬直を解き、グッタリと力を抜いてもたれかかってきたのだった。

三

「さあ、小梅も入れてみるといいわ……」

すっかり満足して身を離し、京之助に添い寝した久美が呼吸を整えながら言った。

すると小梅も身を迫らせ、仰向けの京之助の股間に跨がってきた。久美の手本の通り、そっと幹に指を添え、先端に濡れた割れ目を押し当てていく。

恐いと言うより、早く体験してみたい感じである。それほど、久美の気の遣りようが凄《すさ》まじく、自分も味わってみたくなったのだろう。

位置を定めると小梅は息を詰め、そろそろと座り込んでいった。

張り詰めた亀頭が潜り込むと、

「あう……」

小梅は微《かす》かに眉をひそめて呻いたが、重みと潤いに助けられ、そのままヌルヌルッと根元まで受け入れてしまった。

京之助は温もりと感触を味わいながら、もちろん久美にもしたように痛みが長引かぬよう気を送っていた。

これで、二人目の生娘を味わってしまったのだ。しかも二人とも、同心の我が身からすれば遥か上にいる旗本の娘である。

京之助は両手を伸ばして小梅を抱き寄せ、膝を立てて尻を支えた。

彼女も、上体を起こしていられなくなったように、すぐにも身を重ねてきた。

「どう、痛いのは最初だけでしょう?」

「ええ……、もう大丈夫……」

久美が挿入を見届けながら囁くと、小梅も小さく答え、破瓜《はか》の痛みよりも久美と同じ相手と一つになった充足感を覚えているようだった。

京之助は潜り込み、小梅の乳首に吸い付いて舌で転がした。

もちろん平等に扱うため、添い寝している久美も引き寄せ、その乳首を含んで舐め回した。

「あん、いい気持ち……」

久美が声を洩らし、また淫気を催したようにクネクネと身悶えた。

だが小梅は、全ての気持ちが股間に集中しているようで反応はなかった。

京之助は二人分の乳首と柔らかな膨《ふく》らみを全て味わい、それぞれの腋《わき》の下にも鼻を埋めて体臭を貪った。

小梅の腋も湿った和毛《にこげ》が煙り、久美と同じように可愛らしく甘ったるい汗の匂いが籠もっていた。

彼は混じり合った二人分の体臭に噎《む》せ返り、様子を見ながら徐々にズンズンと股間を突き上げはじめていった。

「アア……」

小梅が喘ぎ、久美がその背を撫でてやっている。

「自分からも動いて。もっと気持ち良くなるわ」

初回から気を遣った久美が囁くと、小梅も次第に突き上げに合わせて腰を上下させはじめた。

大量に溢れるヌメリで互いの律動が滑らかになり、ピチャクチャと湿った摩擦音も聞こえてきた。

「ああ、恥ずかしい音。こんなに濡れてしまって……」

小梅が朦朧《もうろう》として言い、実際舐められる以上の快感が芽生えはじめてきたようだった。

京之助は下から小梅の顔を抱き寄せ、ピッタリと唇を重ねた。

「ンンッ……」

小梅が呻き、熱い鼻息で彼の鼻腔を湿らせた。

舌を挿し入れて歯並びを舐めると、小梅も歯を開いてネットリと舌を触れ合わせてきた。

すると、対抗するように脇から久美も唇を密着させ、舌を割り込ませてきたのである。三人が鼻を突き合わせて舌をからめていると、三人分の息で彼の顔中が湿った。

「唾《つば》を垂らして……」

言うと、二人も懸命に唾液を分泌させ、代わる代わるクチュッと彼の口に吐き出してくれた。

京之助は、混じり合った小泡の多い生温かな唾液をうっとりと味わい、喉を潤して酔いしれた。そして突き上げを続けていると、

「アア……。何だか、奥が熱いわ……」

小梅が口を離し、唾液の糸を引きながら喘いだ。確かに潤いと収縮が増し、今にも気を遣りそうにガクガクと肌が波打っている。

小梅の吐息も、やはり甘酸っぱい匂いが含まれ、久美の匂いと同時に嗅ぐと、やはり二人分が混じり合い濃厚な果実臭に酔いそうになった。

「顔中、唾で濡らして……」

京之助が高まりながら言うと、二人も彼の両頬から耳、鼻の穴から口の周りまでヌラヌラと舐め回してくれた。

左右同時に耳の穴を舐められると、聞こえるのはクチュクチュいう舌の蠢きだけで、彼は二人に頭の中まで舐められている気になった。

二人も唾液を吐き出しながら舌で塗り付け、たちまち京之助の顔中は二人の娘の混じり合った唾液でヌルヌルにまみれた。

二人分の唾と息の混じった悩ましい匂いが鼻腔から胸に沁み込み、彼はきつい締め付けと摩擦の中で激しく昇り詰めてしまった。

「い、いく……！」

京之助は全身を貫く大きな絶頂に声を洩らし、ありったけの熱い精汁をドクンドクンと勢いよくほとばしらせた。

「あう、熱いわ、感じる……。アアーッ……！」

噴出を受けた小梅が声を上ずらせ、久美と同じように初回から激しい快感に包まれて気を遣った。

締め付けの増す膣内で彼は律動し続け、快感を味わいながら心置きなく最後の一滴まで出し尽くしていった。

「ああ……」

京之助はすっかり満足しながら声を洩らし、力を抜いてグッタリと身を投げ出した。小梅も強ばりを解いてもたれかかり、彼に身体を預けながら荒い呼吸を繰り返した。

久美も、まるで二人の快感が伝わったように、とろんとした眼差《まなざ》しで横から肌を密着させていた。

まだ膣内は息づくような収縮が繰り返され、刺激された一物がきつい内部でヒクヒクと過敏に跳ね上がった。

「あう、まだ動いているわ……」

小梅が呻き、キュッときつく締め上げた。やはり彼女の膣内も、絶頂の直後で過敏になっているのだろう。

「気持ち良かったでしょう」

久美が囁くと、小梅もこっくりした。

「でも、夫となる人は京之助ほど丁寧にしてくれないわ。ただじっとして、何も求めず受け入れないと駄目よ」

久美の言葉に、京之助は心の中で苦笑した。

彼が言うべきことを、久美もシッカリと分かっていて、小梅に伝えてくれたのである。

「そして、夫に物足りなくなったら、また一緒に、こうして京之助にしてもらいましょうね」

久美が言い、小梅も頷いた。

そして京之助は二人分の温もりの中、二人の顔を引き寄せ、それぞれの口から洩れる濃厚に甘酸っぱい息を嗅ぎながら、うっとりと快感の余韻に浸り込んでいったのだった……。

四

「瓜生、どこへ行っていた！」

京之助が昼餉を済ませて奉行所へ行くと、修衛《よしもり》が顔を真っ赤にして怒鳴りつけてきた。

「何があったのです」

「殺しだ。すぐ番屋へ行くぞ！」

修衛に言われ、京之助は刀を置く間もなく、そのまま彼と一緒に奉行所を出たのだった。

「朝はなぜ出仕しなかった！」

早足に進みながら修衛が言う。

「はい、お奉行の用向きがありましたので」

「な……」

京之助が言うと、修衛は絶句した。やはり京之助が奉行の密命を受けていると思っているのだ。

まあ用向きは奉行でなく、その娘と会っていたのだが。

「いったい、どんな密命を帯びているというのだ」

「奉行所の、中を調べろということです。役人の不正とか」

京之助がもっともらしいことを言うと、修衛はまた口を閉ざした。

「それで、殺しとは？」

京之助は話を変えた
「河原で武士が殺されていた。しかも焚《た》き火で顔を焼かれ、誰だか分からん」

「な、何ですって……」

京之助は驚き、急ぎ足になった。

「場所はどこです」

「あそこだ」

訊《き》くと、修衛が堤《つつみ》から河原を指して言った。

そこは確かに、仄《ほの》香《か》が焚き火をして、修衛と伊三郎が近づいた場所である。

今は焚き火の跡が見えるだけで、死骸は番屋へ運ばれたのだろう。

やがて二人は、河原の近くにある番屋に入った。

そこにいた二人の岡っ引きが頭を下げ、京之助と修衛に茶を淹《い》れてくれた。

土間には死骸が寝かされ、筵《むしろ》が掛けられている。

京之助がめくると、顔も着物も焼け焦《こ》げ、傍《かたわ》らには死骸が持っていたらしい鞘《さや》と、刀身の折れた柄《つか》が置かれていた。

「これはひどい……」

京之助は人相も分からぬ死骸を見て言ったが、すぐにこれが堀田伊三郎だということを確信していた。

「ああ、折れた刀の他は何も持っていない。財布も脇差も印籠《いんろう》もだ」

修衛が立ったまま、湯飲みを持って茶をすすりながら言った。

「身元が分からなくなるように、下手人《げしゅにん》が顔や紋所を焼いて奪ったのですね。それに、脇差や印籠なら、ほとぼりが冷めてから売り払えます」

「ああ、そうだろうな……」

「でも、身元は分かります。これは普請奉行、堀田和泉守様の三男、伊三郎様ですよ」

京之助が言うと、修衛が目を剝《む》き、二人の岡っ引きも驚いて顔を上げた。

どうやら、死骸の身元を割り出すのに苦労していたのだろう。

「なに！　どうして分かる！」

「この大刀の柄、覚えがあります。何しろ私が十手で折ったものですから」

　京之助が言うと、修衛は目を見開いて硬直した。

「しかも昨夜、田所様と伊三郎様が、居酒屋を出て河原へ降りたところを、私は見ておりました」

「何だと、いい加減なことを言うな！」

「いいえ、本当です。河原では、焚き火をしていた若い夜鷹《よたか》がおり、金の悶着《もんちゃく》で田所様は女に斬《き》りつけたでしょう」

「…………」

「だが女は身のこなしが素早く、たちまち退散。残った二人に、それから何があったのです」

「き、貴様、俺が堀田を斬った下手人だというのか……」

「ほう、堀田様と分かっていたのですね」

「う……」

「まあ、田所様のその刀を調べれば血糊《ちのり》が残っているでしょう。それに、田所様の家には脇差や印籠などもあるに違いありません」

　京之助は、修衛が下手人だと確信して言った。

恐らく昨夜、二人は酔いに任せて仄香を追い回したが、逃げ去られて不機嫌になっていたのだろう。

それに悪人同士、今までつるんでいたが、互いに厄介《やっかい》になってきたのかも知れない。

何しろ、互いの悪の企ても知り尽くしているのだ。

修衛にしてみれば、但馬屋を乗っ取る話は口を滑らせたものの、伊三郎の存在が面倒になっていたに違いない。

そして伊三郎も、意外に重そうな修衛の袂《たもと》の金を奪おうと、次第に諍《いさか》いになって斬り合いにまで発展したのではないか。

伊三郎は、今まで巨体と身分にものを言わせて他を圧倒するだけで、それほど剣術を熱心に稽古《けいこ》してきたとも思われない。

まして刀は中程で折れているのである。

そのてんは、修衛の方に技の分があるだろう。

そのあたりは、全知全能に近い仄香に質《ただ》せば解明する。

「刀を抜いて見せてくれますか」

「き、貴様……」

京之助が言うと、修衛は柄に手をかけて鯉口《こいぐち》を切った。

そのとき、奥から何と南町奉行、岩瀬矢十郎が出てきたのだ。

「お、お奉行様……」

岡っ引きの二人が言い、慌てて膝を突いた。今まで、奥に矢十郎がいるとは知らなかったのだろう。

さらに、同時に戸が開いて何人かの役人が飛び込んできた。

「お奉行。言われた通り探りましたところ、田所殿の役宅より脇差と財布、丸に三《み》ツ鱗《うろこ》の紋のある印籠が見つかりました！」

役人が言い、修衛は凍り付いた。

その彼に、矢十郎が言う。

「田所、今朝ほど儂《わし》のところに投げ文《ぶみ》があり、田所の家に殺しの証《あか》しがあると伝えてきた。さらに、但馬屋番頭、茂助にとどめを刺したのはお前であり、若女将《わかおかみ》に毒を渡し、幸兵衛を毒殺して店を乗っ取ろうとする企み、他にも薬種問屋、小間物屋、両替商などから、何かとお前が付け届けをせがんで困ると、多くの苦情が寄せられている」

矢十郎が重々しく言って、修衛は青ざめていた。

恐らく、投げ文をしたのは仄香ではないかと京之助は思った。

すると、どうせ死罪になると自棄《やけ》になったか、

「お前だけは許さん！」

怒鳴るなり抜刀するや、修衛は真っ向から勢いよく京之助に斬りつけてきたのである。

誰もがアッと思ったが、京之助の額の上で攻撃はピタリと止められていた。

京之助が、刀の物打ちを両手で挟み付けて止め、見事な真剣白刃取《しんけんしらはど》りをしていたのである。

「く……！」

押しても引いても刀は動かず、修衛の両側から役人が押さえつけてきた。

やがて修衛が諦《あきら》めたように手を離すと、京之助は彼の刀の柄を持ち、刀身をあらため、

「やはり、新しい血曇りがありますね」

言い、大刀を修衛の鞘にパチーンと戻してやった。

「田所の大小と十手を奪え！」

矢十郎が声を掛けると、二人の岡っ引きが迫り、

「旦那《だんな》、失礼しやすぜ」

修衛に言うなり、鞘ぐるみの大小と十手を抜き取った。

前から、修衛の横暴を恨みに思っていたのだろう、岡っ引きたちは溜飲《りゅういん》を下げる面持《おもも》ちをしていた。

たちまち、修衛は膝を突かされ、役人たちの手で捕縛《ほばく》された。

「瓜生、見事である」

「恐れ入ります」

「さらに田所を吟味《ぎんみ》し、事のあらましを解明しようと思う。そして役人の不正を一掃《いっそう》するのだ」

矢十郎が言い、役人たちも頷いた。

すると修衛が顔を上げ、

「そ、袖《そで》の下など普通にあることだろうが！　町を守っているのだからな！　だいいち、町の奴らが勝手に袂に入れてくるだけだ！」

憤懣《ふんまん》やるかたない顔つきで怒鳴った。

「だからといって、多くをせがむのは良くなかろう。まして尋常《じんじょう》な勝負ならまだしも、顔を焼いて持ち物を奪うなど以《もっ》ての外《ほか》である！」

矢十郎が言うと、修衛は力尽きたように項垂《うなだ》れたのだった。

やがて修衛は牢《ろう》へと引っ立てられ、矢十郎も京之助と一緒に奉行所へ戻ることになったのだった。

五

「田所修衛殿がお縄になった」

京之助は但馬屋に立ち寄り、離れで比呂に言った。

「ほ、本当でございますか……」

「ああ、茂助にとどめを刺したのも田所様だと明らかになった。そもそも茂助の狼藉《ろうぜき》から身を守るためだったので、お比呂さんの罪は一切ない。これで、もう何もかも心配は要らないだろう」

顔を輝かせて言う比呂に、京之助は細かに説明しながら、熱く股間を疼《うず》かせてしまった。

「どうぞ、奥へ……」

ほっとした比呂は、急激に淫気を催したように言い、京之助も上がり込んだ。

大小と十手を置き、京之助が脱ぎはじめると、比呂も今までで一番良い顔つきをして手早く帯を解きはじめた。

「ああ、何だか夢のようです」

比呂が甘い匂いを漂わせ、みるみる白い肌を露《あら》わにしながら言う。

「なあに、悶着が治まったので、平穏な以前に戻っただけでしょう」

京之助も、下帯《したおび》まで解きながら答えた。

そう、悪いことが起きてそれが解消しただけで、単に元に戻っただけなのである。

「あとは、暮らしの中で幸せを積み重ねていけば良いでしょう」

「ええ」

比呂が頷き、全裸になった京之助は布団に仰向けになった。

「ときに、してほしいことがあるのだけど」

「はい、何でも致しますので、仰《おつしや》って下さい」

言うと、比呂は目を輝かせて答え、一糸まとわぬ姿で彼に迫ってきた。

「ここに立って、足の裏を私の顔に乗せてほしい」

京之助は、激しく勃起して言った。久美と小梅に顔を踏まれてから、真下から見上げるのが病みつきになってしまったのだ。

「まあ、そのようなこと……」

比呂は声を震わせて尻込みしたが、何でもすると言った以上、そろそろと彼の顔の横に立った。

しかし比呂がいつまでも膝をガクガクと震わせてためらっているので、京之助は足首を摑《つか》んで顔に引き寄せた。

「あう……」

比呂は声を洩らし、壁に手を突いて身体を支えると、引っ張られるまま足裏を彼の顔に乗せてしまった。

「アア……、お許しを……」

比呂は可哀想なほど震えて言い、京之助は新造《しんぞう》の足裏を舐め回し、指の股に鼻を割り込ませて嗅いだ。そこは今日も汗と脂に湿り、蒸れた匂いが濃く沁み付いて鼻腔が刺激された。

充分に匂いを貪ってから爪先にしゃぶり付き、順々に指の間に舌を潜り込ませると、

「アアッ……！」

比呂が刺激に喘ぎ、今にも座り込みそうなほど身を震わせていた。

自分が仰向けになってしゃぶられるならまだしも、世話になった同心の顔を踏むという状況に比呂は激しく動揺していた。

それでも足を交代させ、足指の味と匂いを貪りながら見上げると、比呂の陰戸からは大量の淫水が溢れ、内腿にまで伝い流れているのだった。

やがて両足とも堪能すると、彼は比呂の足を顔の左右に置いた。

「では、しゃがみ込んで、厠のように」

両手を引っ張ると、

「ああ……」

比呂は恐る恐るしゃがみ込みながら声を洩らし、とうとう彼の鼻先に濡れた陰戸を迫らせてしまった。

京之助は比呂の震える腰を抱えて引き寄せ、黒々と艶《つや》のある茂みに鼻を埋め込んだ。隅々には蒸れた汗とゆばりの匂いが沁み付き、彼は胸を満たしながら舌を這わせた。

割れ目内部は淡い酸味の淫水が大量に溢れ、彼は膣口の襞を探ってから大きめのオサネまで舐め上げていった。

「アア……。い、いい気持ち……」

比呂が喘ぎ、ヒクヒクと白い下腹を波打たせては新たなヌメリを漏らした。

京之助は味と匂いを貪ってから、白く豊満な尻の真下に潜り込み、僅《わず》かに突き出た桃色の蕾に鼻を埋めて秘めやかな匂いを嗅ぎ、舌を這わせてヌルッと潜り込ませた。

「く……！」

比呂が呻き、キュッときつく肛門で舌先を締め付けた。

京之助が舌を蠢かせ、滑らかな粘膜を味わうと、陰戸から滴《したた》る淫水が糸を引いて彼の顔を生ぬるく濡らしてきた。

やがて彼は再び陰戸に戻って大量の淫水をすすり、チュッとオサネに吸い付いていった。

「あう……。も、もう堪忍《かんにん》……」

比呂が嫌々をして、今にも彼の顔にギュッと座り込みそうになった。

「ゆばりを出してほしい」

「そ、そんな、無理です……」

「少しだけでもいいから」

下から京之助が言うと、比呂は息を呑んで答え、彼はなおも吸い付いた。

「あうう。吸ったら、本当に出てしまいます……」

比呂が呻きながら言う。用を足す格好だから、真下からの刺激で否応《いやおう》なく尿意が高まったのだろう。

京之助が執拗に吸っては舌を這わせ続けていると、割れ目内部の柔肉が迫《せ》り出すように盛り上がり、温もりと味わいが変化してきた。

「あう、駄目……。アア……」

比呂が息も絶え絶えになって言い、懸命に耐えていたようだが、とうとうチョロッと漏れてきてしまった。

京之助は口に受け、淡い味と匂いを堪能しながら喉に流し込んだ。

もちろん魔界の力があるので噎せることもなく、流れは次第に勢いを増していった。

そして全て出しきるまで、京之助はこぼすことなく飲み干してしまった。

「アア……」

比呂は熱く喘ぎながら、ようやく肌の硬直を解いて突っ伏してしまった。

彼が残り香の中で余りの雫をすると、たちまち新たな淫水が大洪水になってきた。

やがて比呂が徐々に自分を取り戻しはじめると、京之助は仰向けのまま彼女の体を股間へと押しやった。

比呂も素直に、大股開きになった彼の股間に腹這いになった。

京之助が両脚を浮かせ、手で尻の谷間を広げて突き出すと、比呂もすぐに顔を寄せて尻の穴を舐め回してくれた。

熱い息が股間に籠もり、彼女の舌がヌルッと潜り込むと、

「アア、気持ちいい……」

京之助は快感に喘ぎ、モグモグと肛門で美女の舌先を締め付けた。

そして脚を下ろすと、比呂もそのままふぐりを舐め回し、睾丸を転がしてから前進し、肉棒の裏側を舐め上げてきた。

ゆっくり先端まで舐めてから、粘液の滲む鈴口をチロチロと探り、スッポリと喉の奥まで呑み込んでいった。

比呂は幹を丸く締め付けて吸い、熱い鼻息で恥毛をくすぐりながら、口の中ではクチュクチュと執拗に舌をからめた。

彼がズンズンと股間を突き上げはじめると、

「ンン……」

比呂も小さく呻きながら顔を上下させ、濡れた口でスポスポと強烈な摩擦を繰り返してくれた。

「ああ、跨いで入れてほしい……」

すっかり高まった京之助がせがむと、比呂もスポンと口を離して身を起こし、前進して股間に跨がってきた。

幹に指を添えて先端に陰戸を押し当て、ゆっくり腰を沈み込ませると、彼自身はヌルヌルッと滑らかに根元まで呑み込まれていった。

「アアッ……、すごい……」

比呂は顔を仰け反らせて喘ぎ、ピッタリと股間を密着させて座り込んだ。

京之助も肉襞の摩擦と温もりを味わい、両手を伸ばして彼女を抱き寄せた。

比呂が身を重ねてくると、彼は潜り込んで乳首を吸い、薄甘く滲む乳汁《ちしる》を味わった。

「もう、あまり出なくなっています……」

比呂が済まなそうに囁き、自ら膨らみを揉《も》みしだいて分泌を促した。

確かに、出が悪くなっているが、京之助は生ぬるい雫で舌を濡らし、両の乳首を交互に含んで吸った。

味わい尽くすと、腋の下にも鼻を埋めて腋毛に籠もる濃厚に甘ったるい汗の匂いに噎せ返り、膝を立てて尻を支えながら、ズンズンと股間を突き上げはじめていった。

「アア……、いい気持ち……」

比呂が喘ぎ、腰を遣《つか》って動きを合わせると、溢れる淫水で摩擦が滑らかになり彼も急激に高まってきた。

下から唇を重ねて舌をからめ、激しく突き上げると、

「ああ、いきそう……！」

比呂が口を離して喘ぎ、京之助は湿り気ある肉桂臭《にっけいしゅう》の吐息に酔いしれながら、たちまち昇り詰めてしまった。

「い、いく……！」

絶頂の快感に貫かれながら口走り、熱い精汁をドクンドクンと勢いよくほとばしらせると、

「いいわ……。アアーッ……！」

噴出を感じた比呂も声を上げ、ガクガクと狂おしく痙攣しながら激しく気を遣

ってしまったのだった。

京之助は心ゆくまで快感を噛み締め、最後の一滴まで出し尽くしていった。

満足しながら力を抜き、徐々に突き上げを弱めていくと、

「ああ……。良かったです、今までで一番……」

比呂も声を洩らし、肌の強ばりを解いてグッタリともたれかかってきた。

京之助は、まだ名残惜しげに息づく膣内でヒクヒクと過敏に幹を震わせ、比呂のかぐわしい吐息を間近に嗅ぎながら、うっとりと快感の余韻に浸り込んでいったのだった。

第六章　果てなき女体めぐり

一

「お嬢様の縁談が決まりました」

夜、京之助の同心長屋に志摩が訪ねてきて言った。

「それは良かったですね。お相手は？」

京之助は志摩の熟れ肌を思い、股間を熱くさせて訊《き》いた。

「勘定《かんじょう》奉行様のご長男です」

志摩が言い、それは良い縁だと京之助も思った。同じ三奉行同士なら同格で、良い釣り合いだろう。

どうやら久美も、同心に嫁《とつ》ぐなどという無謀な我《わ》が儘《まま》は引っ込め、親の言う縁談を承知したようである。

もちろん京之助に落胆はない。元より、久美とは一緒にはなれぬと思っていたし、むしろこれから、奥方となった久美を味わえるかも知れないのだ。

「それで、小梅さんも嫁ぎ先が決まっているのですか」

京之助が訊くと、志摩の娘である小梅も役職のある旗本と婚儀を行う予定になっているらしい。

「あとは、京之助殿に良い嫁を見つけませんと」

「そんな、私はまだ二十歳《はたち》前の、駆け出しの同心ですので」

志摩の言葉に、京之助は首を振って答えた。

これから覚えなければいけないことが山ほどあるし、それに、まだ同心になって半月も経っていないのである。

所帯など持つことよりも、いま目の前にある女体の方が大事だった。

「脱いで構いませんか」

「ええ」

言うと、志摩も答えて帯を解きはじめた。彼女も久美の縁談の報告だけではなく、情交の方が目的なのである。

そう、思えば京之助は小梅とも交わったのだから、母娘《おやこ》の両方を味わってしまったことになる。

志摩も、小梅を京之助の許へ使いに出したのだから、あるいは彼が娘とも情交したのではないかと思っているかも知れないが、それを口に出すようなことはなかった。

やがて二人とも全裸になると、志摩は布団に熟れ肌を横たえた。

京之助は彼女の足に屈《かが》み込み、足裏に舌を這わせながら指の間に鼻を押しつけて嗅《か》いだ。

「あう、またそのようなところを……」

志摩は呆《あき》れたように言ったものの、拒《こば》むことはしなかった。

彼は指の股に籠もる蒸《む》れた匂いを貪《むさぼ》り、爪先にしゃぶり付いて汗と脂《あぶら》の湿り気をしゃぶった。

「アア……」

志摩もすっかり快感に身を投げ出し、熱い喘《あえ》ぎを繰り返しはじめた。

京之助は両足とも味わうと、熟れた後家を大股開きにさせて脚の内側を舐め上げていった。

白くムッチリと量感ある内腿をたどり、熱気と湿り気の籠もる股間に迫ると、すでに陰戸《ほと》は熱い蜜汁に潤《うるお》っていた。

顔を埋《うず》め込み、柔らかな茂みに鼻を擦《こす》りつけて嗅ぐと、汗とゆばりの蒸れた匂いが悩ましく鼻腔《びこう》を掻き回してきた。

そして、かつて小梅が生まれ出てきた陰戸に舌を這わせ、大量の淫水に潤う膣口をクチュクチュ掻き回した。

そのままツンと突き立ったオサネまで舐め上げていくと、

「ああ……、私にも……」

志摩が言い、彼の身体を顔の方へと引き寄せてきた。

京之助も陰戸に顔を埋めたまま移動し、一物《いちもつ》の先端を彼女の鼻先に突き付けていった。

「ンンッ……」

志摩は、すぐにも張り詰めた亀頭にしゃぶり付いて鼻を鳴らし、二人は互いの内腿を枕にした二つ巴《どもえ》になっていった。

志摩も京之助と出会ってから、すっかり慎《つつし》みを忘れて激しく快楽を貪るようになっていた。

チュッとオサネに吸い付くと、感じたように志摩も反射的に強く亀頭に吸い付き、互いの股間に熱い息を籠もらせた。

最も感じる部分を舐め合い、さらに京之助は潜り込むようにして志摩の尻の谷間に鼻を埋め、蒸れた匂いを嗅いでから蕾《つぼみ》を舐め回した。

舌を潜り込ませて蠢《うごめ》かすと、

「アア……。そんなところはいいから、入れて……」

すっかり高まった志摩がスポンと口を離し、待ち切れないように息を弾ませてせがんできた。

京之助も身を起こし、仰向けにさせた志摩の股を割り、一物を進めた。

唾液に濡れた先端を淫水の溢《あふ》れる割れ目に擦りつけ、本手《ほんて》（正常位）でゆっくりと挿入していった。

ヌルヌルッと根元まで貫くと、

「アアッ……、いい……！」

志摩が身を仰《の》け反《ぞ》らせて喘ぎ、両手を回して彼を抱き寄せた。

京之助も温もりと感触を味わいながら股間を密着させ、足を伸ばして身を重ねていった。

まだ動かず、膣内の蠢きと収縮に身を委《ゆだ》ねながら、彼は屈み込んで両の乳首を交互に吸った。舌で転がし、顔中を膨《ふく》らみに擦りつけてから、京之助は腋《わき》の下にも鼻を埋め込み、和毛《にこげ》に籠もる濃厚に甘ったるい汗の匂いを胸いっぱいに吸い込んで噎《む》せ返った。

「つ、突いて……。強く何度も深く奥まで……！」

志摩が言いながらズンズンと股間を突き上げはじめると、京之助も腰を突き動かし、何とも心地よい摩擦に高まった。

志摩も下から両手できつくしがみつき、さらに両脚まで彼の腰に巻き付けてきた。彼の胸の下で乳房が押し潰《つぶ》れて弾み、密着する互いの股間が熱い淫水にまみれた。

京之助は彼女の首筋を舐め上げ、上から唇を重ねてネットリと舌をからめた。

「ンン……」

志摩も彼の舌に吸い付いて熱く鼻を鳴らし、潤いと収縮を強めていった。

京之助も絶頂を迫らせ、いつしか股間をぶつけるほどに激しく腰を前後させると、ピチャクチャと淫らに湿った摩擦音が響いた。

「い、いきそうよ。すごい……！」

志摩が口を離し、彼が喘ぐ口に鼻を押し込んで息を嗅ぐと、白粉《おしろい》のように甘く上品な匂いが悩ましく鼻腔を満たしてきた。

「い、いく……。アアーッ……！」

志摩が顔を仰け反らせて声を上げ、ガクガクと狂おしい痙攣《けいれん》を開始し、激しく気を遣《や》ってしまった。

その激しい締め付けと収縮に巻き込まれるように、続いて京之助も絶頂に達してしまい、大きな快感とともに、ありったけの熱い精汁をドクンドクンと勢いよく注入したのだった。

「あうう、感じる。もっと……！」

奥深い部分に噴出を感じた志摩が、駄目押しの快感に膣内の締め付けを強めて呻《うめ》いた。

京之助はのしかかり、快感の中で激しく腰を遣《つか》いながら、心置きなく最後の一滴まで出し尽くしていった。

すっかり満足しながら徐々に動きを弱め、力を抜いて熟れ肌にもたれかかっていくと、

「ああ……、極楽が見えそうでした……」

志摩が息も絶えだえになって言い、熟れ肌の硬直を解きながらグッタリと身を投げ出していった。

まだ膣内が精汁を飲み込むようにキュッキュッと締まり、その刺激に肉棒が中でヒクヒクと過敏に跳ね上がった。

「アア……」

志摩が余韻の中で喘ぎ、敏感になった膣内を収縮させた。

長く乗っているのも悪いと思ったが、一向に志摩が下からしがみつく両手両足を解いてくれない。

京之助は完全に動きを止め、志摩の喘ぐ口から吐き出されるかぐわしい息で鼻腔を満たし、うっとりと余韻を味わった。

動かなくても、何度か揺り返しが来るようにビクッと熟れ肌が震え、ようやく志摩も両手両足を離し、グッタリと身を投げ出したのだった。

「ああ、するたびに良くなります……。お嬢様が嫁いでも、これからも私とも会って下さいませ……」

「ええ、もちろんです」

京之助は志摩に答え、熱く弾む呼吸を整えたのだった……。

二

翌朝、京之助が南町奉行所へ出仕すると、同心部屋がざわついていた。

恐らく、田所修衛《よしもり》が入牢《にゅうろう》したことを、今朝になって知ったものも多くいたのだろう。

まあ、北町から追い出されてきたような修衛は評判が悪かったので、彼がいなくなったことを残念がるものはいないようだ。

同心とは、同じ心と書くのだから、皆が一丸となって悪と戦わねばならないのである。それは岩瀬奉行の方針であり、皆もそうした気持ちで事に当たっていたのだ。

だから修衛は、皆の同じ心を乱す厄介者《やっかいもの》だったのである。

「瓜生、お奉行がお呼びだ」

筆頭同心に言われ、京之助は矢十郎の部屋へと行った。

「おお、田所が何もかも吐いたようだ」

京之助が平伏して顔を上げると、いつものように矢十郎は気さくに言った。

「左様でございますか」

「北町でも問題ばかり起こしていたようだが、南へ来てまさか縄を受けることになるとはな、威信《いしん》に関わるので大っぴらに出来ん」

　矢十郎が苦い顔で言う。

　確かに、同心が人殺しや強請《ゆす》りたかりをしていたなどと、読売に面白おかしく書かれては一大事だ。

「堀田伊三郎は、流れ者の盗賊《とうぞく》に襲われたということにした」

「それで、堀田様はご承知を？」

「ああ、もともと手を焼いていた三男坊だ。普請奉行の方でも、事を荒立てるようなことはしないだろう」

　矢十郎が言い、誰からも見放されているような伊三郎に、何やら京之助は少し同情した。

　何人かいた伊三郎の腰巾着《こしぎんちゃく》たちも、彼の悲惨な死を知れば、もうつるまなくて良かったと思っていることだろう。

　そして修衛は沙汰《さた》が下りれば、士分ではないので切腹ではなく、打ち首になってしまうことだろう。

したことを思えば仕方のないことだが、修衛に、妻子や身寄りがいないことがせめてもの救いであった。

「なるほど、顚末《てんまつ》は分かりましてございます」

京之助は言い、顔を上げた。

「ときに、久美様の縁談がお決まりになったそうですね」

「おお、それよ」

京之助の言葉に、矢十郎が表情を和《やわ》らげて言った。

「久美も、何とか儂《わし》のすすめる縁談を承知してくれた。おぬしには迷惑をかけたが、なあに、一時の熱病のようなものだったのだろう。許せ」

「とんでもございません」

京之助は恐縮して頭を下げた。

もちろん矢十郎は、久美と京之助が何度となく情交したことを知らず、今後とも奥方になっても久美が京之助を求めるかも知れないことなど、夢にも思っていないだろう。

「一度、お祝いに伺った方がよろしいでしょうか」

「ああ、そうしてやってくれ」

言うと矢十郎は肩の荷を下ろしたように笑顔で頷《うなず》き、やがて京之助は辞儀をして奉行の部屋を辞したのだった。

そして一日中見回りをして、夕刻に京之助が同心長屋へ帰ると、そこへ小梅が訪ねて来たのである。

「これはようこそ、どうぞ中へ」

京之助は小梅を招き入れ、行燈《あんどん》に火を入れた。

部屋で小梅と二人きりというのは初めてで、新鮮な淫気が湧いた。

「久美さんの縁談が決まりました」

「ええ、今朝お奉行から伺いました。そして小梅様も？」

「はい、やや格上ですが、旗本の御曹司《おんぞうし》と」

言うと、小梅がモジモジと答えた。

「お会いしたことはあるのですか？」

「あります。久美さんの相手である、勘定奉行のご長男とも知り合いで、お二人とも知っております」

「どのような方々ですか」

京之助は、久美や小梅の相手に興味が湧いて訊いた。

「どちらも色白で大人しく、聡明そうですがあまり剣術は得意でないようです」

「そうですか」

旗本の長男というのは、概《おおむ》ねそうしたものなのかも知れない。

役職に就《つ》けば優秀に切り盛りし、それでも武芸は形ばかり稽古《けいこ》したぐらいで、果たして淫気は強いのだろうかと他人事《ひとごと》ながら心配になる。

「久美様と二人で、私にしたようなことは求めないで下さいね」

「むろん承知しております」

小梅は頷いて答えた。

久美も小梅も、京之助との行為は特別なものだと分かっているのだろう。

「三人でするのは、楽しゅうございました。でも」

小梅が言う。

「でも？」

「やはり二人きりの方がときめきます」

小梅がほんのり頬を上気させて言った。やはりここへは婚儀の報告ではなく、情交を求めて来たようだ。

三人での戯《たわむ》れはお祭り気分であり、やはり一対一の方が淫靡《いんび》な悦《よろこ》びがある。

京之助も股間を熱くさせ、婚儀前の小梅を味わうことにした。

「では、お脱ぎ下さいませ」

彼は言い、自分から帯を解きはじめていった。

小梅もためらいなく帯を解いて着物を脱いでゆき、室内には、情交を覚えたばかりの娘の体臭が生ぬるく立ち籠めてきた。

やがて小梅が一糸《いっし》まとわぬ姿になると、全裸になった京之助は彼女を布団に仰向けにさせた。

やはり三人での戯れと違い、一対一は初めてなので、京之助は小梅には初めて触れる気持ちで丁寧に愛撫しようと思った。

屈み込んでチュッと乳首に吸い付き、舌で転がしながら張りのある膨らみに顔中を押しつけて感触を味わった。

「アア……」

小梅はすぐにも熱く喘ぎ、クネクネと身悶《みもだ》えはじめた。

久美がおらず、自分一人で京之助を独占できるため、羞恥と緊張もあって激しく感じるようだった。

そう、男と二人きりになるのは、小梅にとっては初めてのことなのである。

京之助は両の乳首を交互に含んで舐め回し、小梅の腕を差し上げて腋の下にも鼻を埋め込んで嗅いだ。

生ぬるく湿った和毛には、濃厚に甘ったるい汗の匂いが籠もり、悩ましく鼻腔が刺激された。体臭は、久美よりもやや濃いようだ。

充分に胸を満たしてから、彼は白く滑《なめ》らかな肌を舐め下り、臍《へそ》を探り、下腹に顔を埋め込んで弾力を味わい、腰の丸みから脚を舐め下りていった。

足裏に舌を這わせ、縮こまった指に鼻を押しつけて嗅ぐと、汗と脂に湿った指の股には蒸れた匂いが沁み付いていた。

京之助は鼻腔を満たしてから爪先にしゃぶり付き、順々に指の間に舌を割り込ませて味わった。

「あう……！」

小梅がビクリと脚を震わせて呻き、彼は両足とも味と匂いを貪り尽くした。

そして彼女をうつ伏せにさせ、踵《かかと》から脚の裏側を舐め上げ、尻の丸みから腰、滑らかな背中を舐め上げていった。

「ああッ……」

背中はくすぐったいようで、小梅が顔を伏せて喘いだ。

うっすらと汗の味を感じながら肩まで行き、耳の裏側の蒸れた匂いも嗅いで舌を這わせ、うなじから背中を舐め下りていった。

再び尻に戻り、指でムッチリと双丘を広げ、可憐《かれん》な薄桃色の蕾に鼻を埋めて蒸れた匂いを貪った。

秘めやかな匂いで鼻腔を刺激されてから、舌を這わせて細かに息づく襞を濡らし、ヌルッと潜り込ませて滑らかな粘膜を味わった。

「く……！」

小梅が息を詰めて呻き、キュッときつく肛門で舌先を締め付けた。

京之助は舌を蠢かせ、微《かす》かに甘苦い粘膜を探ってから顔を上げ、再び彼女を仰向けにさせた。

片方の脚をくぐり、白く滑らかな内腿を舐め上げ、熱気と湿り気の籠もる股間に迫ると、すでに小梅の陰戸は大量の蜜汁に熱く潤っていた。

指で陰唇を広げると、生娘《きむすめ》でなくなったばかりの膣口が襞を入り組ませて収縮し、久美より大きめのオサネも光沢を放ってツンと突き立っていた。

「舐めて、って言って下さい」

股間から京之助が言うと、羞恥と期待に小梅が身を強《こわ》ばらせた。

「な……、舐めて下さいませ……。アア……」

小梅は声を震わせて言い、自分の言葉にビクリと反応した。

京之助も顔を埋め込み、柔らかな恥毛に鼻を擦りつけ、蒸れて籠もる汗とゆばりの匂いで鼻腔を刺激されながら、舌を挿《さ》し入れていった。

膣口の襞を舐め回すと淡い酸味のヌメリが舌の蠢きを滑らかにさせ、そのまま彼は味わいながらオサネまで舐め上げていった。

三

「アアッ……。い、いい気持ち……！」

小梅が顔を仰け反らせて喘ぎ、内腿でキュッときつく京之助の両頬を挟み付けてきた。

彼も匂いに酔いしれながら、執拗《しつよう》にチロチロとオサネを舌先で弾いては、新たに溢れてくる清らかな蜜汁をすすった。

すると小梅の下腹がヒクヒクと波打ち、すぐにも絶頂が迫ってきたようだ。やはり久美がいないから、高まるのも早いのだろう。

「い、いきそう……。待って下さい……！」

と、小梅が口走った。どうやら舐められて果てるのが惜しく、早く一つになりたいのだろう。

京之助も察して舌を引っ込め、彼女の股間から這い出した。

そして小梅を起こして自分が仰向けになると、彼女も素直に彼の股間に顔を寄せてきた。

京之助が両脚を浮かせて尻を突き出すと、小梅も厭《いと》わず舌を這わせ、ヌルッと肛門に舌を潜り込ませてくれた。

「あう……」

彼は快感に呻き、モグモグと締め付けて小梅の舌先を肛門で味わった。

小梅も熱い鼻息でふぐりをくすぐりながら、中で舌を蠢かせてくれた。

やがて脚を下ろすと、彼女も舌を移動させてふぐりを舐め回し、充分に睾丸《こうがん》を転がしてから肉棒の裏側を舐め上げてきた。

滑らかな舌がゆっくり先端まで来ると、小梅は粘液の滲んだ鈴口《すずぐち》をチロチロと舐め、張り詰めた亀頭にしゃぶり付くと、そのままスッポリと喉の奥まで呑み込んでいった。

「アア、気持ちいい……」

京之助は快感に喘ぎ、温かく濡れて心地よい小梅の口の中でヒクヒクと幹を震わせた。小梅も熱い息を股間に籠もらせながら、クチュクチュと舌をからめ、生温かな唾液で肉棒を浸した。

ズンズンと股間を突き上げると、小梅も小刻みに顔を上下させ、スポスポと摩擦を繰り返してくれ、京之助もすっかり高まってきた。

「いいよ、跨《また》いで入れて……」

京之助が言うと、小梅もチュパッと口を離して身を起こし、前進して彼の股間に跨がってきた。

先端に陰戸を押し当て、息を詰めて意を決すると、ゆっくり腰を沈み込ませていった。やはり前回は久美がいたので、いま初めての情交をする気分になっているのだろう。

たちまち屹立《きつりつ》した肉棒が、ヌルヌルッと滑らかな肉襞の摩擦を受けて、深々と陰戸に没していった。

「アアッ……、いい気持ち……」

ピッタリと股間を密着させて受け入れると、小梅が顔を仰け反らせて喘いだ。

やはり魔界の力があるので、すでに挿入の痛みなどなく、男と一体となった悦びと快感が全身に満ちているのだろう。

京之助も締め付けと潤い、熱いほどの温もりを感じながら内部で幹をヒクつかせ、両手を伸ばして小梅を抱き寄せた。

彼女が身を重ねてくると、京之助は抱き留めて胸に乳房の弾力を感じ、膝を立てて尻を支えた。

そして下から彼女の顔を引き寄せ、ピッタリと唇を重ねて舌を挿し入れた。

滑らかな歯並びを左右にたどると、小梅も歯を開いてネットリと舌をからめてきた。

京之助は、鼻腔を湿らす小梅の息と、唾液に濡れて滑らかな舌の蠢きを味わいながら、小刻みにズンズンと股間を突き上げはじめた。

「ンンッ……」

小梅が熱く呻き、思わずチュッと強く彼の舌に吸い付いてきた。

いったん動くと快感で突き上げが止まらなくなり、京之助は次第に勢いをつけて律動していった。

「アア……。い、いいわ……」

小梅が口を離して喘ぎ、自分も腰を遣って動きを合わせてきた。

京之助は、小梅の口から吐き出される濃厚に甘酸っぱい匂いの息を貪り、悩ましく鼻腔を刺激されながら絶頂を迫らせていった。

すると大量に溢れた淫水が彼のふぐりまで濡らし、クチュクチュと湿った摩擦音を響かせた。

たちまち小梅の全身がガクガクと狂おしい痙攣を開始し、潤いと収縮が活発になっていった。

「いい気持ち……。アアーッ……！」

そのまま小梅は声を震わせて気を遣り、彼の上で乱れに乱れた。

同時に京之助も絶頂の快感に全身を包まれ、ありったけの熱い精汁をドクンドクンと勢いよくほとばしらせてしまった。

「あう、熱い……」

噴出を感じた小梅が駄目押しの快感に呻き、精汁を飲み込むようにキュッキュッときつく締め上げてきた。

京之助は快感を嚙み締め、心置きなく最後の一滴まで出し尽くすと、満足しながら徐々に突き上げを弱めていった。

「アア……、すごいわ。前の時よりずっと……」

小梅も声を洩らしながら硬直を解き、力を抜いてグッタリと彼にもたれかかってきた。

京之助は重みと温もりを受け止め、まだ息づく膣内でヒクヒクと過敏に幹を跳ね上げた。

「あう……」

小梅も敏感になっているように呻き、応えるようにキュッと締め付けた。

彼は小梅の喘ぐ口に鼻を押し込み、甘酸っぱい吐息で胸を満たしながら、うっとりと快感の余韻を味わった。

やがて二人で呼吸を整えると、起き上がって身繕《みづくろ》いをし、もちろん京之助は小梅を屋敷まで送っていったのだった……。

四

翌日、京之助は奉行所に出仕してから町へ出て、小間物屋で女物の小物入れを買うと、岩瀬家の隠居宅を訪ねた。

すでに志摩に言われ、久美が待っていると伝えられていたのだ。

志摩はおらず、隠居所には久美が一人で待っていた。

今日の久美は寝巻ではなく、ちゃんと振袖《ふりそで》を着ていたので、全裸ばかり見ている彼には新鮮だった。

「婚儀がお決まりになったようで、お目出度《めでと》うございます。これはささやかですがお祝いの気持ちです」

京之助は、言って小物入れを差し出した。

「まあ、どうも有難う」

久美は言い、快く受け取ってくれた。

「とうとう、嫁ぐことになってしまったわ。本当はお前の奥方になりたかったのだけど」

「同心の妻は奥方なんて呼びませんよ」

京之助は、軽い口調でさばさばと言う久美に安心して答えた。

「でも、夫となる人はちゃんと気持ち良くさせてくれるのかしら」

やはり、気になるのはそのことのようだ。

「逆に、気持ち良くなっても、我を忘れてあれこれ求めてはいけませんよ」

「分かっているわ。でも、そうなれば嬉《うれ》しいけど、たぶん入れてすぐ終わりになりそうだわ。志摩にも言われたけど、どんなにあっさり終えても不満を顔や口に出さないようにって」

「そうですよ。一物も、自分からしゃぶったりしてはいけません。あくまで相手が求めたときだけ。それに声も上げないように」

「口うるさいわ。志摩みたいに」

久美が、頬を膨らませて言った。そんな可憐な表情に、彼自身は痛いほど突っ張ってきた。

婚儀は次の吉日ということなので、奥方になる前に久美に接するのは、これが最後かも知れないのだ。

またその次の吉日には、続いて小梅の婚儀も執《と》り行われるという。

「とにかく夫婦《めおと》になったら、何事もない平穏が一番ですからね」

「私が気を遣れなかったら、また京之助がしてくれるわね？」

「ええ、どこで会うか、良い場所を決めねばなりませんね」

京之助が言うと、久美はあれこれ思いを馳《は》せながらも、いま目の前の淫気に突き動かされるように、まず足袋《たび》を脱いだ。

やはり久美も、昨夜の小梅同様、京之助と二人きりということを意識して期待が高まっているのだろう。

「あ、せっかくだから脱がずに、振袖のまま致しましょう。決して汚したりしませんので」

京之助は言い、自分だけ手早く脱ぎ去って全裸になっていった。相手が着物を着ているだけに、こちらも羞恥快感が増した。

「いいわね、それも面白そうだわ」

久美も新鮮な興奮を覚えたように言い、京之助が全裸で布団に仰向けになると彼女は足袋を脱いだだけで立ち上がった。

「いいわ、こうされたいのね」

久美は彼の願望を察したように言い、京之助の顔の横に立った。

そして壁に手を突いて身体を支え、片方の脚を浮かせて素足の裏をそっと彼の顔に乗せてきたのである。

小梅と久美の二人に踏まれたのも贅沢《ぜいたく》な快感だったが、やはり二人きりの方が淫靡な秘め事といった感じで興奮が増した。まして久美が着物姿なので、実に新鮮である。

「ああ、変な感じ……」

久美は息を弾ませて言い、足裏で彼の鼻と口を軽くグリグリと動かした。

「こんなこと、夫に求められたら、して構わないものかしら……」

「そ、それは公方《くぼう》様じゃないのだから、誰も見ていなければ二人だけの秘密でしょう」

京之助は答えながらも、顔中で久美の足裏を感じて舌を這わせた。

指の間に鼻を埋め込み、蒸れて湿った汗と脂の匂いを貪ってから、爪先にしゃぶり付いていった。

「アア、くすぐったいわ……」

久美が膝を震わせて喘ぎ、京之助が指の股に舌を割り込ませると、唾液に濡れた指でキュッと彼の舌先を摘《つま》んできた。

しゃぶり尽くすと彼女は自分から足を交代させ、京之助も両足とも味と匂いを貪ったのだった。

「では、しゃがんで下さい」

口を離して言うと、久美は彼の顔の左右に足を置き、着物と襦袢《ジュバン》、腰巻の裾《すそ》をめくりながらしゃがみ込んできた。

そうか、着衣で厠《かわや》に入ったときは、このようにめくって用を足すのか、と京之助は真下から見上げながら興奮を高めた。揺れる裾の巻き起こす風も、生ぬるく彼の顔を撫《な》でた。

久美がしゃがみ込むと、露《あら》わになった内腿がムッチリと張り詰め、濡れはじめている陰戸が鼻先に迫ってきた。

彼女が着物姿で、肝心な部分だけ丸見えというのが興奮をそそった。

京之助は若草の丘に鼻を埋め込み、汗とゆばりの蒸れた匂いを嗅ぎながら舌を這わせていった。

「アア……」

久美が熱く喘ぐ。彼女もまた、自分が着物姿でいることを意識し、相当に淫気を高めているようだった。

京之助は滴《したた》る蜜汁をすすり、執拗に小粒のオサネを舐めてから、尻の真下へと潜り込んだ。

顔中に弾力ある双丘が密着すると、谷間の蕾に鼻を埋め、秘めやかに蒸れた匂いを嗅いでから舌を這わせた。舐めて濡らし、ヌルッと潜り込ませて滑らかな粘膜を味わうと、

「あう……」

久美が呻き、モグモグと舌先を味わうように肛門を締め付けた。

京之助は充分に舌を蠢かせて粘膜を味わってから、再び陰戸に戻り、大洪水になった蜜汁を掬《すく》い取って飲み込み、オサネに吸い付いた。

「あう、出そう……」

高まりとともに尿意を覚えたか、久美が息を詰めて言った。

もちろん京之助は受け止めるつもりで愛撫を続け、彼女も出して構わないというふうに尿口を緩《ゆる》めた。

なおも吸い続けていると、

「出るわ……」

久美が警告を発するように呟《つぶや》くと同時に、チョロチョロと熱い流れがほとばしり、彼の口に注がれてきた。

もちろん噎せることもなく、京之助は可憐な娘から出る温かな流れを飲み干した。味も匂いも淡く上品なもので、久美も流れを弱めながら放尿してくれたのだろう。

流れが収まると、彼は残り香の中で余りの雫《しずく》をすすった。

「も、もういいわ。今度は私が……」

前も後ろも舐められ、久美は言ってそろそろと身を起こしていった。

そして大股開きになった京之助の股間に腹這い、顔を寄せて張り詰めた亀頭にしゃぶり付いてきたのだ。

「アア……」

京之助は快感に喘ぎ、股間を見ると着衣の久美が笑窪《えくぼ》の浮かぶ頬をすぼめて無心に吸い付いている。やはり、着物姿の久美にしゃぶられるのは新鮮な快感が得られた。

やがて久美は、たっぷりと唾液を出して肉棒を生温かく濡らすと、チュパッと軽やかに口を離して顔を上げた。

「入れるわ……」

早く一つになりたいように言うなり、前進して彼の股間に跨がってきた。

裾をめくり、先端を陰戸に受け入れながらしゃがみ込むと、たちまち彼自身はヌルヌルッと滑らかに根元まで嵌《は》まり込んでいった。

「アアッ……、いい……！」

久美が股間を密着させて言い、両膝を突いて裾を下ろした。

互いの股間が着物に覆《おお》われ、全裸同士よりも温もりが感じられた。

京之助が両手を回して抱き寄せると、久美もすぐに身を重ねてきた。

きっちり着物を着ているので乳首が味わえないのが残念だが、それ以上に着衣の久美と交わる興奮が湧いた。

それに今後とも、久美の全身は満遍《まんべん》なく味わえることだろうし、やがては子を産んでから乳汁《ちしる》をもらえるという楽しみも待っている。

久美は自分から顔を寄せ、上からピッタリと唇を重ねてきた。

ほんのりと薄化粧の香りが感じられ、彼女の熱い鼻息が京之助の鼻腔を心地よく湿らせた。

ネットリと舌をからめると、ことさらに久美は唾液を注ぎ込んでくれた。

京之助はうっとりと味わいながら、すっかり彼の性癖に影響を受けている久美は、いきなり夫にこんなことをしないだろうかと心配になった。

ようやく唇が離れると、唾液が糸を引き、久美が舌なめずりすると切れた。

「ね、思い切り私の顔に唾《つば》を吐きかけてくれませんか」

「まあ、そんなことされたいの？　どうして？」

興奮と快感に任せて言うと、久美が呆れたように訊いてきた。

「旗本のお嬢様が、絶対に他の男にしないことを、私だけにされたいので」

「いいのかしら……」

久美はためらいがちだったが、再三せがむと、ようやく唇に唾液を溜めて大きく息を吸い込み、顔を寄せてペッと吐きかけてくれた。

「ああ……、気持ちいい。もっと強く……」

さらに言うと、久美も強めに吐きかけてくれた。

果実臭の吐息とともに、生温かく小泡の混じった粘液がピチャッと鼻筋を濡らし、僅《わず》かに匂いながら頬の丸みをトロリと伝い流れた。

「ああ、変な感じ……。でも本当、中で悦んでいるわ……」

久美は、膣内に納まっている肉棒の震えを感じて言った。

「ああ、嬉しい。久美様が私だけにしてくれた」

「私も、京之助にしかしないわ、こんなこと」

久美は言いながら、自分も妖《あや》しい体験に淫気を高め、キュッキュッときつく彼自身を締め上げてきた。

京之助もズンズンと股間を突き上げながら、久美の顔を引き寄せ、喘ぐ口に鼻を押し込み、濃厚に甘酸っぱい吐息でうっとりと胸を満たした。

「ああ、いきそうだわ……」

久美が喘ぎ、合わせて腰を遣いはじめると、クチュクチュと湿った音が聞こえてきた。溢れる淫水がふぐりの脇を生温かく伝い流れ、彼の肛門まで心地よく濡らした。

たちまち京之助は久美の息の匂いと摩擦快感に高まり、

「い、いく……」

ひとたまりもなく昇り詰めると、口走りながら熱い大量の精汁をドクンドクンと勢いよくほとばしらせてしまった。

「あ、熱いわ、いい気持ち……。アアーッ……！」

奥深い部分を直撃され、久美も声を上ずらせてガクガクと狂おしく身をよじり激しく気を遣っていった。

京之助は心ゆくまで快感を嚙み締め、最後の一滴まで柔肉の奥に出し尽くしていった。

「ああ……」

満足して声を洩らし、彼が徐々に突き上げを弱めていくと、久美もグッタリと力を抜いて、遠慮なく身体を預けてきた。

「すごかった……。着物でするのも気持ち良かったわ……」

久美が荒い息遣いとともに呟き、まだ膣内をキュッキュッときつく締め上げていた。

彼自身も中でヒクヒクと過敏に脈打ち、やがて京之助は完全に動きを止めると久美の重みと温もりを受け止め、果実臭の息を間近に嗅ぎながら、うっとりと余韻に浸り込んでいったのだった。

五

夜、京之助の同心長屋に仄香《ほのか》が姿を現した。もう夕餉《ゆうげ》も終えて寝巻に着替え、そろそろ寝ようと思っていたところである。

もちろん彼女の顔を見た途端、京之助自身は熱く屹立していった。

あやかしと人の違いはあるものの、何しろ仄香は京之助にとって最初の女なのである。

「お奉行に投げ文《ぶみ》したのは、仄香か？」

彼が訊くと、仄香は頷いた。

「ええ、そして今宵《こよい》はお別れにやってきました」

「何、もう会えないのか……」

京之助は驚いて言ったが、すでに絶大な力はもらっているし、強い悲しみが湧き起こらないのも魔界の力によるものなのかも知れない。だから淫気が削《そ》がれるようなことはなかった。

「何十年か先の世へ行って、また誰かを手助けしますね」

「そうか。確かに、私ばかり良い思いをするのは申し訳ない」

京之助は言い、帯を解いて寝巻を脱ぎ去った。

仄香も手早く全裸になってゆき、一緒に布団に座った。

しがみついて唇を重ねると、仄香も舌をからませ両手を回してきた。

生温かな唾液に濡れた舌が、チロチロと滑らかに蠢き、彼は仄香の息で鼻腔を湿らせながら乳房を揉《も》んで乳首をいじった。

「アア……」

仄香が口を離して熱く喘ぐと、京之助はその口に鼻を押し込んで、熱く湿り気ある吐息を嗅いだ。彼女の息は今日も濃厚な花粉臭が含まれ、京之助はうっとりと胸を満たした。

「ああ、この口に身体ごと入り込みたい……」

京之助が思わず言うと、何と、みるみる仄香の顔が大きくなってきたではないか。いや、後ろにある部屋の壁や行燈も大きくなっているので、どうやら彼が小さくなってきたようだ。

気がつくと、京之助の全身は十分の一ばかりに縮小して仄香の手のひらに乗せられていたではないか。

目の前で形良い唇が開かれると仄香は彼を口の中に入れてくれた。

まさに人では有り得ぬ、魔界の姫君ならではの行為だった。

「ああ……」

京之助は体を丸め、仄香の滑らかな舌の上に乗って喘いだ。

開いた歯の間からは自分の部屋が見える。

仄香の口の中は、さらに濃厚な芳香が満ち、心地よい刺激が京之助の肺腑《はいふ》を満たした。

彼女がクチュクチュと舌を蠢かせてしゃぶると、たちまち京之助の全身は生温かな唾液にネットリとまみれ、彼は勃起した一物を舌に擦りつけ、好きなだけ喉を潤すことが出来た。

京之助は口の中の芳香と快感に身悶え、このまま仄香の喉の奥に落ち込み、あるいは細かに嚙み砕かれて飲み込まれても良いと思った。

と、歯の間から見える視界が揺らいだので、どうやら仄香が仰向けになったようで、天井が見えた。

すると仄香は、全身唾液にまみれた京之助を口からつまみ出し、胸の上に乗せたのだ。

彼は巨大な乳房に腹這い、乳首を両手で抱えていじり、そのまま寝返りを打ちながら柔肌を下降していった。

温もりのある肌を転がるのは、何という快感であろうか。

股間まで行くと、彼は黒々とした茂みに顔を潜り込ませ、濃厚に蒸れて籠もる汗とゆばりの匂いに噎せ返り、濡れはじめている陰戸にも身を委ね、大きなオサネにもしがみついた。

仄香はいつしか両脚を浮かせて抱え、陰戸を真上に向けてくれていた。

さらに京之助は尻の谷間にも移動し、大きな蕾に籠もる匂いを嗅ぎ、襞に舌を這わせた。

すると仄香が彼をつまみ上げ、脚から膣口へと潜り込ませていった。

「アア、温かい……」

京之助は口までどっぷりと膣口に納まって喘ぎ、唾液にまみれた全身が淫水に浸かりはじめた。

ほぼ十分の一の身の丈《たけ》になっているので、今は五寸一分（約十五センチ強）、ちょうど首だけ出せば一物が納まっているぐらいである。

肉壺の中で体や手足を動かすと、内壁のヒダヒダが心地よくからみつき、足先に当たるコリコリしたものは子壺の入口であろうか。

「アア……、いい気持ち……」

彼が動くと仄香も感じるように喘ぎ、熱い潤いが増していった。

「さあ、もういいでしょう」

仄香が言い、京之助の全身を陰戸から引っ張り出すと、彼を布団に横たえた。

すると、あっという間に京之助の身の丈は元に戻り、仰向けになった彼の股間に仄香が跨がってきた。

夢のような一時は終わったが、まだ彼の全身は淫水にまみれている。

仄香が屹立した先端に陰戸を押し当て、ゆっくり腰を沈めると、ヌルヌルッと滑らかに彼自身は呑み込まれていった。

「アア……」

灰香が喘ぎ、すぐにも身を重ねてきたので、京之助も両手を回して抱き留め、膝を立てて尻を支えた。

やはり最後はこうして、通常の情交で仕上げるのが良いと思った。だいいち同じ大きさでないと、灰香が心地よくないだろう。

京之助はあらためて灰香の腋の下に鼻を埋め込み、甘ったるい汗の匂いを感じながら、ズンズンと股間を突き上げはじめた。

すると灰香も合わせて腰を遣い、たちまち互いの股間が淫水にまみれ、クチュクチュと湿った摩擦音が響いてきた。

下から唇を求めると、灰香もピッタリと重ね、舌を挿し入れてチロチロとからみつけてくれた。

そして多めに唾液を注ぎ込んでもらうと、彼も突き上げを強め、収縮と摩擦の中で絶頂を迫らせていった。

「ああ、いいわ。いきそう……」

灰香が口を離して喘ぎ、京之助も花粉臭の吐息を嗅ぎながら激しく昇り詰めてしまった。

「く……！」

快感に貫かれて呻き、彼はありったけの熱い精汁をドクンドクンと勢いよくほとばしらせた。

「か、感じる……。いく……、アアーッ……！」

仄香も噴出を受け止めた途端に声を上げ、ガクガクと狂おしい痙攣を開始して気を遣った。強まる収縮の中で、京之助は心ゆくまで快感を噛み締め、最後の一滴まで出し尽くしていった。

すっかり満足しながら徐々に突き上げを弱めていくと、

「ああ……、良かったわ……」

仄香も声を洩らし、力を抜いてグッタリともたれかかってきた。

まだ息づく膣内でヒクヒクと幹が過敏に震え、京之助は仄香の重みと温もりの中、かぐわしい吐息を間近に嗅ぎながら、うっとりと快感の余韻に浸り込んでいったのだった。

重なったまま互いに呼吸を整え、

「仄香、有難う……」

京之助は感慨を込めて囁《ささや》いた。

「ええ、明日からまた、お勤め頑張って」

「ああ、私が眠るまで、こうしていてくれるか……」

彼が言うと、仄香も頷き、重なったまま掻巻《かいまき》を掛けてくれた。

きっと朝に目覚めたときは、自分一人で寝ていることだろう。

「次は、どこへ行くのだ」

「さあ、また心正しい男を探して、力を与えることにするわ」

京之助が訊くと、仄香が甘い吐息で答えた。

一つになったままだと、囁き合っているうち再び回復しそうになってしまったが、それ以上に強い睡魔が襲ってきた。

恐らく仄香が別れのため、彼を眠らそうとしているのだろう。

そして京之助が目を閉じると、たちまち仄香の重みが薄れてゆき、そのまま彼は深い眠りに落ちていったのだった……。


――翌朝、京之助は心地よく爽快《そうかい》な目覚めを迎えた。

(さあ、また今日から頑張らねば！)

自分に言い聞かせ、彼は勢いよく飛び起きて着替えた。

仄香は去ってしまっても、まだまだ久美や小梅、比呂や志摩との縁は続いているだろう。

二人の婚儀も近いし、次には奥方となった久美や小梅と懇《ねんご》ろになれるかも知れないのだ。それに比呂や志摩も、同じように京之助に淫気を鎮《しず》めてもらいたがるに違いない。

京之助は朝餉の仕度をし、同心としての一日を始めたのだった。

コスミック・時代文庫

ほのか魔《ま》界《かい》帖《ちよう》
同心淫躍ノ事

2025年1月25日　初版発行

【著 者】
睦《む》月影郎《つきかげろう》

【発行者】
松岡太朗

【発 行】
株式会社コスミック出版
〒154-0002 東京都世田谷区下馬 6-15-4
代表　TEL.03(5432)7081
営業　TEL.03(5432)7084
FAX.03(5432)7088
編集　TEL.03(5432)7086
FAX.03(5432)7090

【ホームページ】
https://www.cosmicpub.com/

【振替口座】
00110 - 8 - 611382

【印刷／製本】
中央精版印刷株式会社

乱丁・落丁本は、小社へ直接お送り下さい。郵送料小社負担にて
お取り替え致します。定価はカバーに表示してあります。

ISBN978-4-7747-6622-5 C0193